读客悬疑文库

认准读客读悬疑,本本都是大师级。

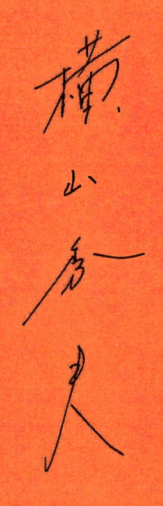

追诉时效倒计时

[日]横山秀夫 著　曹逸冰 译

北京日报出版社

图书在版编目（CIP）数据

追诉时效倒计时 /（日）横山秀夫著；曹逸冰译
. -- 北京：北京日报出版社，2024.3（2024.5 重印）
ISBN 978-7-5477-4634-9

Ⅰ.①追… Ⅱ.①横… ②曹… Ⅲ.①短篇小说 - 小说集 - 日本 - 现代 Ⅳ.① I313.45

中国国家版本馆 CIP 数据核字（2023）第 115234 号

DAISAN NO JIKO by Hideo Yokoyama
Copyright © 2003 Hideo Yokoyama
All rights reserved.
First published in Japan in 2003 by SHUEISHA Inc., Tokyo.
This Simplified Chinese edition published by arrangement with SHUEISHA Inc., Tokyo in care of Tuttle-Mori Agency, Inc., Tokyo

中文版权：©2024 读客文化股份有限公司
经授权，读客文化股份有限公司拥有本书的中文（简体）版权
图字：01-2023-4846

追诉时效倒计时

作　　者：	［日］横山秀夫
译　　者：	曹逸冰
责任编辑：	王　莹
特约编辑：	齐海霞
封面设计：	于　欣　　李子琪　　汪文景
出版发行：	北京日报出版社
地　　址：	北京市东城区东单三条8-16号东方广场东配楼四层
邮　　编：	100005
电　　话：	发行部：（010）65255876
	总编室：（010）65252135
印　　刷：	三河市龙大印装有限公司
经　　销：	各地新华书店
版　　次：	2024年3月第1版
	2024年5月第2次印刷
开　　本：	880毫米×1230毫米　1/32
印　　张：	9.25
字　　数：	181千字
定　　价：	49.90元

版权所有，侵权必究，未经许可，不得转载
凡印刷、装订错误，可调换，联系电话：010-87681002

第三の時効
DAISAN NO JIKO

横山秀夫

HIDEO YOKOYAMA

目 录

沉默的不在场证明　　001

第三时效　　057

囚徒困境　　103

密室的漏洞　　151

假面的微笑　　193

黑白片的反转　　237

沉默的
不在场证明

别再笑了。

答应我,这辈子都别再笑了。

小达再也笑不出来了,想笑也笑不出来了。

都是你害的。

你要记住,是你害死了小达。

一刻都不要忘记。

求你了。

求你对天发誓,这辈子都别再笑了。

1

"全国各地近期丑闻频发,我们应当引以为戒,尽快赢回民众的信任。诸位,回归初心,时不我待!这并非难事。我们需要做的,不过是重燃疾恶如仇的至纯信念,重拾服务社会的精神而已。如此一来,就绝不可能错过那些走投无路、只能求助于我们的善良公民的声音,更不可能出现为一己私欲助纣为虐、堕落成罪犯的警察职员。然而,最近——"

F县[1]警察本部的大楼里未见一道走动的身影,刺耳而高亢的声音透过各部门的壁挂扬声器主宰了整栋建筑。上班时间一到,昨日走马上任的特考组[2]本部长便训起了话,而且没完没了。

朽木泰正独自坐在五楼的搜查一课刑警办公室,那是重案一组——通常称为一班的一把手的座位。只见他背对西窗,靠着

---

[1] 日本的行政区划单位,"县"的行政级别相当于中国的"省"。——编者注
[2] 特考组是日本通过"国家公务员I种"考试的国家公务员俗称,入职就是警部补,是日本警察系统中的精英。——译者注(本书中注释,如无特殊说明均为译者注)

椅背，套着皮鞋的双脚撂在办公桌上，手拿竹制手工耳勺掏着耳朵。

下属都出去了。其他班的办公区也是空空如也。二班刚破了一起主妇被害案，昨晚去县北的温泉度假村开庆功宴了。除了拒绝参加酒宴与聚会的班长楠见，二班的人至少要到下午才会顶着浮肿的面孔现身。三班已是十来天不见人影。他们正在县西侦办一起高频连环纵火案，天天睡在弥漫着汗臭味的片区警署武道场。此时此刻，班长村濑怕是正为自己的霉运懊恼不已。不，说不定案子已经有了眉目，他正舔着嘴唇，时刻准备出击。

朽木瞥了眼挂钟，9点刚过。

是时候叫人过来了。刚冒出这个念头，房门便开了。留着小平头的森进屋道了声"早"。别看他长得像个小喽啰，其实是个摸爬滚打十五年的老资格。从片区警署的刑事课调进本部的重案组比通过升职考试还难，更何况他进的还是本县首屈一指的一班，天知道有多少同行眼红。

"岛津没跟你一起？"朽木问道。

森在自己的办公桌前伸长脖子回答："今天他还得盯着索姆吧？"

岛津奉命与田中搭档监视泰国陪酒女索姆·希的住处。但朽木早有指示，他今天上午可以暂时离岗。

"还以为你会顺路捎上他呢。"

"那我再跑一趟？"

"算了,再等等吧。9点30分还不见人,就打他的手机。"

岛津总不会忘吧。汤本直也抢劫杀人案一审将在今天10点开庭。

"班长。"

"嗯?"

"真够长的啊。"森戏谑地眯起眼睛,将目光投向墙上的扬声器。

回过神来才发现,训话声已然消失。看来新官上任的本部长总算是训过瘾了。

"听见没,要疾恶如仇。"

朽木嗤之以鼻,下意识皱起眉头。

"我可恨不起来,那可是咱们的衣食父母啊。"

话音刚落,森便将脸转向门口,朽木也顺势望去。只见门开了一条缝,岛津畏畏缩缩地钻了进来。多亏那身眼熟的浅棕色西装,朽木才一眼认出了岛津——岛津的下半张脸被重度花粉症患者才会戴的大号口罩遮得严严实实,头发也蓬乱不堪。远远望去,青黑色的眼圈十分显眼,眼里的血丝都清晰可辨。

"怎么了?"

"对不起……我的牙……"岛津咕哝着低头走进去。

"我瞧瞧。"

朽木用拇指戳了戳岛津的下巴,让他抬起头来。摘下口罩一看,只见他的右半边脸肿得厉害,不用手摸都看得出那块儿烫得很。岛津四五天前就开始嚷嚷后槽牙疼了,吃乌冬面和荞麦面都费劲。原本偏尖的脸竟在一夜之间变成了大饼脸,都瞧不出头和脖子的分界线了,肯定是某种病菌入侵了他的牙龈。

"顶着这么张面孔也镇不住场子啊……"

是我干的——作为审讯环节的负责人,岛津有义务和权利看着证人席上的汤本直也垂头丧气、老老实实地对法官说出这句话。"镇场子"绝非单纯的比喻。尽管嫌疑人已改称被告人,被移交至检察院,但审讯室中的供述仍是审讯者和嫌疑人之间的有效"承诺"。在法庭上履行这份承诺,天塌下来都不许翻供。所谓"镇场子",就是坐在旁听席的角落向被告人输送这样的意念。

"换我去?"朽木绷着脸说道。

他本打算让岛津和辅助审讯的森去旁听,但事已至此,也是无可奈何。换作司空见惯的案子,让森一个人去倒也无妨,问题是这起抢劫杀人案的主犯仍然在逃,目前下落不明。鉴于汤本有可能在法庭上提及主犯的行踪,至少需要两个人在场,一个继续旁听,另一个负责及时与本部联络。

"不……还是我……"

见岛津每说几个字都要皱一下眉头,朽木下定了决心。对汤本的审讯涉及本案和另一起案件,是一场长达四十二天的持久战。在此期间,朽木也曾多次踏入审讯室。汤本应该还记得那张被同事们戏称为"青面修罗"的面孔,知道这个年过五旬的男人是"岛津的领导"。换他出马,也足以镇住场子。

"你找医生好好看看。"

窗外便是F医大的楼群。朽木朝窗口努了努嘴,拿起听筒,打电话去医大的附属医院。牙科门诊部有一位姓铃木的医生。一班经常找他给被烧死的被害者做牙痕鉴定,一来二去便混熟了。

"好说,让他赶紧过来吧。"朽木向岛津转达了医生的允诺,然后便带着森离开了办公室。两人穿过比刑警办公室大上三倍左右的搜查一课办公区,来到走廊,走平时会刻意避开的内部楼梯,下到一楼。今天情况特殊,甩掉记者毫无意义,反正过会儿就会在法庭碰上。

走去F地方法院只需三分钟。它跟县警大楼在一条街上,中间隔着县政府大楼。

出门后,森一直沉默不语,表情凝重。朽木很理解他——皆是焦虑使然。负责审讯的人再怎么十拿九稳,嫌疑人会不会当庭翻供的念头仍会在脑海中打转。更何况,本案缺乏一锤定音的物证。警方堆砌的间接证据和汤本的供词是这场公审仅有的地基。任何一个环节出现纰漏,公审都会立刻陷入僵局。只可惜岛津拿下汤本那天,朽木刚好去了另一起凶杀案的现场,没能亲眼看到汤本认罪时的表情。

不难想象,森的焦虑定是来自岛津。在去法院的路上,这份焦虑也渐渐渗入了朽木的胸膛。

2

"抢劫杀人案在哪个庭？"

"三号庭！"

保安敬礼回答，动作之标准比起正牌警察也毫不逊色。朽木拍了拍他的肩膀以示慰问，与森踩着宽阔的中央楼梯上到二楼。他们无视扎堆坐在走廊长椅上的记者，径直走向三号庭，打开旁听席专用门上的小窗，看了看屋里的情况。只有一个满脸皱纹的法院职员孤零零地站在里头。低头看表，离开庭还有十五分钟，可以入庭。朽木推开门，与森并肩坐在最后一排。

片刻后，捧着包袱[1]的根来检察官从侧门现身。这位检察官不过三十出头，长相英俊。他与朽木四目相对，交换了一个似有若无的注目礼。辩护人也入庭了。此人姓齐藤，是东京的律师。他不是法院指定的，而是汤本自己选的，但汤本被捕至今，这位律师一直没有什么大动作。许是因为根来穿着高档西装，齐藤的那身旧夹克显得分外惹眼。在"不修边幅"方面有过之而无不及的记者也纷纷就座。就在法院职员逐一核对那一张张面孔时，对面左手边的被告专用门开了。所有人齐齐投去目光，朽木也不例外。

阔别近一个月的汤本直也被两名管教押了进来。手铐、腰

---

1 日本的检察官习惯用包袱皮包裹各类文件资料。

绳加凉拖。汤本身材高瘦,弱不禁风。长发被剃光了,但长出了邋遢胡子。三十二岁——审讯室里的他看起来比实际年龄要年轻三四岁,如今却已是判若两人,面容憔悴无比,眼窝凹陷,脸颊都消瘦了几分。

正要在被告席上就座时,汤本扭头扫了一眼旁听席。森猛地抬头挺胸,但汤本十有八九没注意到他们。

去死吧——朽木以双眸输送意念。

若要用一句话来形容汤本,那便是坏到骨子里的小无赖。他勉强混了个大学文凭,尽管学校只能算二流。一度想当心理治疗师,但迅速碰壁。靠正经工作挣钱糊口这种理所当然的生活方式一开始就与他八字不合,所以他一直都没有正式工作。做过一些兼职,但也都没坚持多久。渐渐地,他干起了小偷小摸、小额诈骗的勾当。欺压弱者的癖好也日渐凸显。二十五岁那年,他用偷来的三唑仑[1]迷晕了三个女人,趁机凌辱。他滥用了以前学过的一点儿知识,假冒咨询师,打着"催眠疗法"的幌子,向抱有严重心理问题的受害者伸出了魔爪。

后来,汤本因受害者之一的指控戴上了手铐,但仍然不见棺材不落泪。早在警方审讯阶段,汤本便一直矢口否认,这恐怕是因为除了受害者的证词,警方并没有其他像样的证据。上法庭后,他依然坚称自己无罪,但法官并不认同,判了他七年。他在

---

[1] 苯二氮䓬类镇静催眠药,因半衰期超短,临床上多用于失眠病人,但因其成瘾性极强,我国已将其列入一类管制精神药品。

G监狱蹲了五年，假释出狱不过两年便搞出了人命——尽管这一回他是受了"真恶棍"的教唆。他袭击了一辆弹子房的巡回运钞车，抢劫了三千万现金，并用刀捅死了试图阻拦的保安。

正面最深处的门扉骤然开启，三位法官走进法庭，制服衣角飞扬。"起立！""敬礼！"法院职员喊着口令。所有人坐定后，慈眉善目的审判长宣布一审开庭。审判长名叫石冢清，是一位五十五六岁的刑事法官，今年春天刚调来本县。朽木也向石冢输送了意念——务必严判。

"被告人上前。"

石冢按常规询问汤本的姓名、住址，核实他的身份，然后要求检察官宣读起诉书。

根来半弯着腰，朗声念道："公诉事实——被告人汤本直也与家住F县F市青金台38号的友人大熊悟合谋，于2001年3月20日下午4时许……"

根来提到的大熊悟，便是那"真恶棍"。

此人上小学时便开始顺手牵羊，打破车窗偷东西。刚上初中就打断了母亲的鼻子和班主任的胳膊。从那时起，他就告别了校园，对外宣称去父亲开的铁器作坊帮忙，实则游手好闲，跟着一群飞车党为非作歹。父亲突然去世后，他继承了作坊，却把运营资金砸在了花柳巷，不到三个月就把作坊折腾倒闭了。祖父的遗产和父母的积蓄也被他吃喝嫖赌糟蹋个精光。伤人、暴力、恐吓、强奸……他是个典型的暴力型罪犯，犯罪记录用十个手指头都数不过来。十五六岁的时候,他与汤本直也相识于街头的电玩中心。但两人并没有成为"朋友"。除了性格凶暴,大熊的体格也如职业摔跤手一般健壮。他迅速掌控了汤本,把他变成了所谓的"跑腿小弟"。

大熊一手策划了袭击运钞车一事,并强行拉汤本入伙。"少啰唆,你也来帮忙!听说运钞车收了钱以后不去银行,而是直接开去半山腰的老板家。只要埋伏在半路就能成,多容易啊!"汤本自辩称,他当时太害怕了,不敢拒绝大熊。

犯罪手法非常粗暴。弹子房的老板在F市郊外的高岗建了一栋豪宅,视野开阔。但驱车前往时,必然会经过一段全程数分钟的清冷土路。大熊与汤本便瞄准了那里。两人藏身于学生营养餐中心后方的杂树林,看准运钞车因路况不好开不快的时候,把自行车扔到车前,挡住去路。用黑色头套遮住脸的两人抡起铁管,分别砸碎了两侧车窗,对准车内的司机与保安喷射催泪瓦斯。正要把电击枪按在对方脖子上的时候,计划偏离了既定轨道。与大熊一般强壮的保安揉着酸痛的眼睛,跳车反击。扭打期间,大熊的头套被扯掉了。情急之下,汤本掏出口袋里的蝴蝶刀,捅向保安的腹部和胸部。即便如此,保安仍屹立不倒。见状,大熊又抡起铁管,猛击他的头部。保安死因为失血过多加脑挫伤。换言之,大熊与汤本同时杀害了保安。

运钞车司机弃车逃命。在铁管和催泪瓦斯的夹击之下,他的肩膀和眼睛都受了伤,所幸逃命时脚步还算平稳有力。大熊与汤本钻进运钞车，穷追猛打。握方向盘的是大熊，他眼看着司机奔向县道，就一脚油门，猛撞那人的后背，司机瘦弱的身躯顿时就被撞飞到空中。后来，两人按原计划抄了几条小道，将装有现金的袋子转移到提前停放在空地的赃车上，逃回大熊家的废弃作坊，放下卷帘门。三千万现金终于到手。奈何好景不长——

根据汤本的供述，当时他们在废弃的作坊里绞尽脑汁，构思逍遥法外的计划。作案环节告一段落，兴奋感逐渐消退，焦虑油然而生。保安肯定是死透了，但不确定被车撞飞的那个还有没有气。如果那人还活着，可就麻烦了。因为催泪瓦斯的效果比预料的弱很多。说不定，那人看到了大熊的长相。

不，撞的那一下还是相当猛的。司机即便活了下来，也无法立即做笔录。说不定昏迷几日之后便会一命呜呼。哪怕清醒过来，也不一定记得清大熊的长相。但他们思来想去，还是觉得应该做好最坏的打算。人活着，能说话，可以立即跟警方确切描述出大熊的长相——万一真是这样，说不定不等他们通过电视确认司机的生死，刑警们就会找上门来。

恐惧加快了他们的行动。汤本把赃车扔去了不显眼的地方，若无其事地回了家。大熊则将抢来的现金和物证统统装进自己的车，逃之夭夭。头套、刀、钢管、电击枪、催泪瓦斯、血衣……物证一律丢在半路，现金则找个地方埋起来。种种迹象表明，大熊处理得滴水不漏。因为警方仍未发现任何证据，现金也依然不知所终。

两人约定，一旦确定司机毙命就立刻联系对方。如果司机还活着，就暂时不接触，直到查清他是否还记得大熊的长相。"该死的，早知道就该补一刀送他去见阎王！"据说大熊咬牙切齿地撂下这句话，发动了他的爱车丰田皇冠。

直到当晚7点，新闻节目才报道了这起案件。只怪警方得知案件发生的时间太晚。

由于作案时间是下午4点左右，案发现场旁边虽有营养餐中心，但员工早已下班回家，周边也没有民宅，所以没有目击者。近6点时，才有一名结束社团活动后骑车回家的初中生碰巧路过。学生连忙赶往派出所报警，称"地上躺着两个浑身是血的人"。如果说这对大熊和汤本是天降好运，那么他们开车撞飞的司机兼岛次郎的大脑与内脏均未受致命伤便是天大的霉运。两天后，警方便能找他问话了。兼岛还记得大熊的长相。不等警方公开由鉴证课女警绘制的肖像，数名刑警就认出了那张面孔，因为他们侦办过大熊参与的暴力案件。转瞬之间，线索串联起来。

朽木率领一班的八名成员着手侦查此案。他们当天就查到大熊已远走高飞，次日便发现他有个叫索姆·希的情妇，并查明了她的住处。警方对她以不追究逾期居留为诱饵百般拉拢。索姆迅速反水，如实交代了大熊"我就快发财了""我要打劫弹子房的车"的枕边话。F县警方向全国的兄弟单位发布了大熊悟及其座驾皇冠的协查通告。之所以没有公布照片公开通缉，是因为直到此刻都没有发现任何足以证明大熊参与此案的物证。

同伙汤本的曝光则称得上意外的收获。案发三天后，东京涩谷某聚会用品店的店员打电话向警方提供线索，称"大约一周前有个留着长发的瘦高个来店里买了两个黑色头套"。店员在体育报上看到了案件的相关报道。报道提到"劫匪共两人，均戴黑色头套"，他便想到了上周的客人。店员提供的线索与病床上的兼岛给出的证词"另一个劫匪是个身材高瘦的男人"完全吻合。警方梳理了大熊的社会关系，最终锁定了身高一米七九、身材消瘦的汤本直也。

大熊的同伙是汤本——为了串起这条线，朽木派人详细调查了汤本的背景。警方陆续搜集到了一些暗示他有罪的间接证据，却找不到任何与案件挂钩的直接物证，与调查大熊时一样尴尬。在共犯之一出逃的情况下，湮灭罪证的精度会随着时间的推移急剧上升。必须审问汤本，让他老实交代。朽木当机立断，以另一起诈骗案为由头拘留了汤本。汤本盯上了当下最热门的网络拍卖，在网上上架了一块子虚乌有的劳力士，骗得一名家住札幌的公司职员往他的银行账户转了四十万日元。

朽木指派岛津负责审讯工作。

岛津是三个月前刚被高层塞进一班的，说是让朽木"用用看"。他此前一直在搜查二课的高智商犯罪调查组，专门审讯贪污受贿、违规选举的疑犯。岛津的老东家也绝非温吞水。二课的审讯比一课严厉得多。虽说一课主管重案，但审讯时仍有"动之以情"的习惯，二课的审讯风格则只能用"残忍无情"来形容。

他们会无情地戳对方的痛处，打击其人格。由于调查对象多为议员、公务员和其他有一定社会地位的人，所以二课素来认为，要先把对方的精英意识和自尊撕得粉碎，把人"扒光"了再审。

一班本就有一位姓田中的审讯专家。朽木之所以留着经验老到的田中不用，而将汤本交给刚来一班不久的岛津，是因为考虑到了风云突变的局势下，大熊落网的可能性。到时候，如果让田中审汤本，就只能让岛津直面那性情凶暴的大熊了。要是岛津用二课的路数一通臭骂，审讯室里怕是要血肉横飞。再者，他觉得让岛津去审汤本倒也合适。虽然汤本是在大熊的淫威之下参与了这起暴力犯罪，但他的特征其实更接近高智商罪犯。毕竟他是考过心理咨询师的，尽管只是一时兴起。不难想象，他的心底必定暗藏着根植于自我表现欲或自恋的知识分子情结。若真是如此，岛津在二课积累的经验便能派上用场。考虑到上述因素，朽木擢用了在一课尚无业绩的岛津。然而——

审讯迟迟没有进展。

草草问了几个关于网络诈骗案的问题之后，岛津便切入正题。谁知汤本矢口否认，坚称"与我无关"。在更早的强奸案审讯期间，他也一直没松口，所以警方早有思想准备，知道他不会轻易认罪，没想到汤本的盔甲远比警方想象的牢固。在网络诈骗案拘留期满的第二十二天，警方以抢劫杀人案的嫌疑再次逮捕了他。可即便如此，审讯仍处于胶着状态。

最要命的是，岛津的审讯内容也相当糟糕。无法掌控眼前的嫌疑人造成的挫败感在他的态度中表露无遗。一点儿鸡毛蒜皮的小事（好比汤本咂了一下嘴、没病装病）都会激得他勃然大怒、拍桌踹椅，末了甚至用烟灰缸砸人。措辞也很粗暴，动不动就骂汤本是狗杂种，而汤本则以连续三天保持沉默还以颜色。岛津有时又会曲解"动之以情"的含义，连着三个小时跟汤本讲述平庸而缺乏说服力的个人经历，简直没完没了。长达四十二天的密室攻防陷入僵局，情势混乱至极。

朽木也无暇关照岛津。因为在汤本被拘留期间，一班又接了两起凶杀案。朽木需要指挥各项侦查工作，所以经常不在本部。岛津和森就这样失去了后盾。然而，一班到底是F县警最精锐的刑侦团队。无限接近"有罪"的嫌疑人已在掌中，一班的审讯员无论如何都不能说"我搞不定"这句话。岛津对此一定深有体会。

在被捕后的第三十五天，汤本终于开始了供述。朽木暗暗松了口气，然而供词的质量实在无法令人满意。毕竟抢劫杀人案的拘留期限将至，审讯进行得很是匆忙。招供的过程也并非汤本主动交代犯罪事实，而是岛津一点点逼着他承认自己根据间接证据构建的犯罪经过。因此供述内容整体上非常寡淡，缺乏具体的细节。犯案后讨论如何躲避警方的追查部分倒是极其详细，但这算不算自曝只有罪犯才知道的秘密就很微妙了。因为岛津是在"废弃作坊采集到赃车的轮胎印"和"大熊名下的皇冠消失不见"这两点的基础上审问的汤本，如果法官认为这不是疑犯自曝秘密，而是警方诱供，情势就不乐观了。

朽木抱臂，盯着法官的座位，焦虑仍在心头，但还没到悲观的地步。只要汤本当庭认罪，再糟糕的审讯记录都会被判为真相。

"罪名及适用条款：抢劫、谋杀及谋杀未遂。刑法第二百三十六条第一项……"

起诉书宣读完毕。

"敬请诸位法官审理。"根来呼出一口气，同时落座。

"被告人上前。"石冢法官的声音响彻庭内。

汤本畏畏缩缩地站起身，走向审判台。终于到了是否认罪的环节。

咽口水的声响，来自一旁的森。

石冢十指交叉，凝视着汤本。他先告知被告人有权保持沉默，然后用平静的声音问道："被告人，检察官刚才宣读的起诉书可有与事实不符之处？"

片刻的沉默，将寂静衬托得分外鲜明。

汤本抬起头来。

"全部。"

乍一听，似是汤本认了罪。挂钟的秒针走了两三格之后，旁听席才一片哗然。汤本的意思是起诉书中的所有内容均与事实不符。

浑蛋，看我不宰了你。森顶着一班招牌式的凶悍表情喃喃道。

"我是无辜的！"汤本突然沸腾。

"救命啊，审判长！不是我干的！我没劫过运钞车，也没杀过人。我是被警察逼得没办法了才招的，都是警察瞎编乱造的！你们去查一查就知道了，我有不在场证明！"

朽木脸颊一抽。

不在场证明……？

法庭顿时一片骚动。在记者匆忙往返于法庭和走廊之间时，汤本的号叫仍未停歇。他号哭着、咆哮着，仿佛全然听不见石冢的制止声。根来检察官呆若木鸡，辩护人齐藤脸色煞白。

除了愤怒，悔恨也在朽木的胸口涌动。他没有全程关注汤本的审讯工作，虽然嗅到了危险，却又觉得区区小无赖不足为惧，没太当回事。莫非真是他低估了汤本？

意料之外的风暴横扫而过。

闭庭后，再次戴上手铐的汤本缓缓转过头，望向旁听席。他的神情已完全冷静下来，仿佛几分钟前的狂乱从没有发生过。他左右扫视，似在找人。他在找的是岛津、森，还是一班的"青面修罗"班长？

这一回，双方的目光确有交集。刹那间，汤本的唇角微微一挑。

他笑了。

直到汤本的身影自法庭消失，朽木都没有起身。他的脑海中响起女人的声音，她的声音与他自己的声音交缠重叠，响彻他的头颅。

我不许你笑。在我断气之前,你休想再笑一下——

"走吧。"朽木低声说道,一把抓住森气得发抖的肩膀,霍然起身。

3

地方法院的审理中极少出现被告人当庭否认罪行的情况。朽木一出法院大门就被七八个记者团团围住,他们个个都因兴奋涨红了脸。

"班长,分享一下您此刻的感受吧!"

"感受……?"朽木瞪了对方一眼。留着中分头的年轻记者顿时犯了怵。

"啊,呃,说反驳也行……"

"无可奉告。"朽木语气强硬。

话音刚落,边上的记者便盯着朽木的脸问道:"您确信汤本就是真凶吗?"

"废话。"

"他刚才提到的不在场证明是?"

"不知道,问他的律师去。"

"您早就知道汤本会翻供?"问题出自斜后方的年轻女记

者。朽木转过头去，盯着那张素面朝天的雀斑脸。

早就知道……？

"什么意思？"

"班长亲自来旁听可不是常有的事啊。"

"碰巧罢了。"朽木撂下这句话，大步流星突破了记者们的包围圈。

步速够快的话，两分钟不到就能走到县警本部大楼。朽木爬上楼外的紧急逃生梯，在转角平台处掏出口袋里的手机，按下快速拨号键。

"喂……"岛津的声音和早上一样闷。

"是我。看过医生没？"

"还没。"

"赶紧上来。汤本直也翻供了。"

"啊！怎、怎么会……"岛津几乎是在惨叫。

朽木挂了电话，上到五层，步入大楼。

推开搜查一课的房门，田畑课长蹙着眉头的脸映入眼帘。朽木先前吩咐森"你先回去汇报"。看这样子，课长已经了解了大致情况。

五分钟后，参与本案调查工作的核心人物齐聚刑事部长办公室。

刑事部长尾关、搜一课长田畑以及一班的朽木、岛津、森。除了他们，还有一个外人——警务课调查官一谷。一谷是主管诉讼事务的特考组警官，针对县警的诉讼均由他应对。照理说本案不在他的管辖范围内，之所以叫他来，许是因为他比较熟悉司法界的情况。

"全面否认……到底是怎么回事？"抱着胳膊的尾关部长起了个头。

"垂死挣扎吧。"朽木压抑着情绪回答道，紧接着补了一句对现状的看法，"正如先前的汇报，我们没有任何决定性的物证。他一翻供，法庭的局势必然会变得复杂。"

"他没彻底招认？"

"最后确实是全招了。"

"那怎么会翻供？"

"不知道。"

"不在场证明又是怎么回事？"

"目前还不清楚。"

尾关部长歪头沉思。

"简直莫名其妙。他要真有不在场证明，为什么审讯的时候不说？"

在场的所有人都有同样的疑问。

然而，在法庭上看到汤本浅浅一笑的朽木确信——根本没有什么不在场证明。汤本不过是演了一出戏，以争取无罪判决。

"律师总归是知情的吧？"

"不像。听完汤本的陈述，他脸都白了。"

"都没跟律师提过的不在场证明……越来越莫名其妙了。"

"反正马上就能见分晓了。这会儿法官、检察官和辩护人应该在讨论后续的诉讼流程。"

"嗯。刚才根来检察官打来电话,说一有消息就联系我们。"

众人纷纷点头。不在场证明的详情就只能等根来了。

田畑课长转向朽木:"我记得他的律师是自己选的?"

"东京来的,姓齐藤,是汤本哥哥的朋友。但他好像不是很上心,起诉前都没去见过汤本。"

"可汤本都翻供了,律师总得拿出点儿干劲吧。"

"十有八九。"

"你觉得对方会出什么招儿?"

"首先——"朽木略一思索,"他们可能会要求我们拿出再现犯罪经过的录像和供述时的录音带,作为证据提交法庭。"

"拿出来会有问题吗?"

"我去研究一下,不过内容本身并没有矛盾之处。但我不确定汤本的语气和动作会给法官留下怎样的印象。"

"你的意思是,不确定那些东西是否对我们有利?"

"是的。"

"话说石冢法官两年前在Y地方法院宣判过一名被告无罪,"外人一谷突然插话,"也是一起被告当庭翻供的案子。有人说他就爱平反冤案。"

平反冤案。办公室里的气氛因为这简简单单的四个字凝重起来。

朽木也陷入沉默。被告人已然翻供，有罪无罪本该是五五开，可要是审判长给被告人撑腰，警方就绝无胜算。

"除了录像带和录音带，还有什么招儿？"田畑课长把话题拽了回来，像是在刻意推动讨论进程。

"明确不在场证明后，他们应该会要求盘问相关证人或查证现场。"

"审判长行使职权深入调查也是有可能的。"

"说不定这就是汤本装模作样隐瞒不在场证明的目的。他可能是想暗示法官，没有太早透露不在场证明的存在，是怕我们和检方会做手脚。"

众人都露出深以为然的表情。

尾关松开胳膊说道："怕我们做手脚，就意味着他的不在场证明要么是个女人，要么就是个身家不太清白的人。"

"很有可能。但无论如何，都一定是他瞎编乱造的。真凶何来不在场证明？"朽木的斩钉截铁令尾关与田畑神色一僵。两人都在刑侦部门摸爬滚打多年，也都当过一班的班长，业绩却与朽木天差地别。朽木在这五年里已取得二十三连胜，未尝败绩。

"不在场证明的问题就先讨论到这里吧。还会出什么幺蛾子？"田畑再一次打破沉默。

"还有就是——"朽木目光微动，"对方应该会要求传讯审讯员与助手。"

岛津与森盯着桌子上的一点，纹丝不动，生怕领导们提及此事。尤其是岛津，整个人全无生气，再加上那一张肿脸，直让人联想到溺死的尸体。

这也难怪。汤本背叛了岛津，撕毁了在审讯室做出的"承诺"。简而言之，岛津自以为拿下了汤本，实则并没有完全拿下。作为审讯员，这是莫大的失职。无须旁人开口，岛津也已将利刃对准了自己的胸膛。

然而，他已无暇再为失策后悔，整件事仍处于现在进行时。岛津一旦被拖上法庭，暴露在辩方的质询之下，他在审讯室的所作所为就会大白于天下。他对汤本百般辱骂，拍桌踹椅，还用烟灰缸砸人都是不争的事实。

这定会严重影响石冢法官的心证，极大地刺激他爱好平反冤案的心理倾向。他对岛津的质询，甚至有可能左右审理的最终走向。

警方以网络诈骗为由逮捕汤本，为审讯抢劫杀人案创造条件，这也成为警方的一大痛处。辩护人若较起真来，定会痛批警方违规办案。审讯期长也是一个问题。算上送交检察院之前的调查审讯，总共是四十二天，比普通案件长了一倍。石冢会如何看待一直矢口否认的汤本在审讯临近尾声的第三十五天招认的事实？鉴于岛津的粗暴言行，他的第一反应必然是怀疑供词是否出于自愿。心证呢？他会不会同情汤本？会不会为汤本在严厉审讯之下的咬牙坚持暗暗拍手叫好？

汤本狂妄的笑直捣朽木的天灵盖。

好算计。

算计，也许是解读汤本的关键。这个词语伴随着厌恶与戒心，被朽木收入大脑回路。

收回思绪，继续分析现状。没有物证。素被称为"证据之王"的招供也土崩瓦解。事到如今，很难再找到有利于警方的材料。如果岛津能在法庭上与辩方正面交锋，事态还有希望好转，但这恐怕指望不上了。岛津的短板在这次审讯中暴露无遗。他过于耿直，攻势强劲，但转攻为守时极其脆弱。自尊心强，与之对应的自卑也根深蒂固。无论哪部分受到刺激，都会勃然大怒，陷入恐慌，暴露出心胆的软弱。想必他自己对此也心知肚明，他盯着桌面的晦暗表情上仿佛写着——饶了我吧，千万别让我出庭。

"最好提前演练一下。"尾关部长这话无异于落井下石。

其他人都沉默了。

当初田畑课长曾发话："这人挺能干的，不妨用用看。"就这样把岛津调去了一班，朽木这才派岛津去审汤本。真到了追究责任的时候，就归给田畑、朽木和岛津。这样的默契在办公室里流转。

"哎呀，打扰了。"对岛津和森而言，这定是天降福音。伴随着响亮的敲门声，根来检察官走进办公室，打破了不知已凝固几次的空气。

"知道汤本有什么不在场证明了。"

声音中透着些许兴奋。被告人翻供一事似乎并没有让这位年轻的检察官生出多少愤怒或屈辱感，这可能是因为他的面对面问询记录照抄了警方的笔录。

"朽木警官，在逃的大熊悟不是有个情妇吗，叫什么索姆·希？"

"对，是个泰国陪酒女。"

"你们知不知道，大熊还有另一个情妇？"

闻所未闻。

"据汤本说，大熊还有个菲律宾相好，名叫乔娜琳。大熊对她很着迷，租了套高档公寓金屋藏娇呢！"

不是普通公寓，而是高档公寓。看来与索姆·希相比，大熊似乎对这位乔娜琳更上心。

"据说大熊一直瞒着索姆。因为索姆当自己是他老婆，知道了怕是要歇斯底里。"

朽木不耐烦道："这跟汤本的不在场证明有什么关系？"

"哦，是这样的，汤本说他案发当天下午2点到晚上7点一直都在乔娜琳家。"

如果证词属实，汤本的不在场证明便完全覆盖了案发时间段。

尾关和田畑面露惊色，却没有插话。因为朽木沉稳淡定的态度镇住了在场的所有人。

"这都是从辩护人那儿打听来的？"

"对。齐藤律师在审理结束后见了汤本一面，打探出了这些情报。"

"汤本一直都没跟齐藤提过他有不在场证明？"

"是啊，律师也吃了一惊。"

"汤本被起诉前，齐藤一次都没来过拘留室。那起诉之后呢？"

"说是去看守所探视过一两次，但也只是碰个面，简单讨论了一下，汤本甚至没暗示过他有不在场证明。"

朽木停顿片刻后说道："他有没有说为什么要瞒到现在？"

"听说他拼命跟齐藤律师道歉，说他是见过律师之后才下决心说出真相的。"

"审讯时为什么不说？"

"哦，他倒是给了个像模像样的理由。"

根来检察官的叙述一如朽木的猜想。

汤本说，他信不过警察。他担心自己老实交代了不在场证明，警方就会知道乔娜琳的存在，先下手为强，做手脚掐断这条路。乔娜琳的居留期限已过，警方若看准这一点发起攻势，她又岂能抵挡得住？

朽木默默点头。索姆·希那张写满谄媚的面孔浮现在脑海中。

"他还说了一个理由。"

比起蹲大牢，汤本更害怕大熊发现他跟自己的女人有一腿。他认定一旦东窗事发，大熊就会要了他的小命。谁知看守所的室友告诉他，劫杀也有可能判死刑，吓得他瑟瑟发抖。权衡之下，他决定鼓起勇气，在法庭上道出真相。到时候，他可以远走他乡，在大熊找不到的地方度过余生。

朽木再次默默点头。汤本反过来利用了自己是个小无赖的事实，想出了这个敷衍了事的借口。汤本可是蹲过大牢的人，岂会不知劫杀的量刑上限？

不过……

"根来检察官，您刚才说的石冢法官是不是也都知道了？"

"对，两位副审判长也在。石冢法官顿时就来了兴致，齐藤律师要求传唤乔娜琳，他也当场批准了。"

"乔娜琳住哪儿？"朽木翻开笔记本。

直到此刻，根来才表现出些许愤慨："汤本居然说，他要等到传唤乔娜琳那天再说，简直岂有此理！因为现在说了，天知道警方和检方会不会想办法堵住她的嘴。石冢法官是边听边点头，情况相当不妙啊。"

4

凌晨1点半。

朽木坐在班长的位子上，办公室里一片漆黑。

无人，无声，无光。唯有思考不停。

汤本的不在场证明究竟是什么？

根来检察官刚走，一班的探员与片区警员便尽数出动，全力探查。

他们很快就查明了乔娜琳的身份。她是个二十三岁的陪酒女，在本市的菲律宾酒吧"纯情天使"工作。与大多数陪酒女一样，她也是卖笑又卖身。据说她长相甜美，娇媚可爱，很受顾客的欢迎。今年年初以来，大熊每隔两三天就要去店里给她捧场。金钱、毒品和蛮力三管齐下，乔娜琳几乎成为他"专属"的陪酒女。

乔娜琳的住处也已查明。大熊有个发小是房地产经纪人，发小屈服于他的淫威，给乔娜琳免费提供了一套两室一厅的房子。警方走访周边，发现乔娜琳确实住着公寓一楼的105室，但3月中旬以后就没人见过她了。运钞车被劫是3月20日的事情，大熊对乔娜琳又很是着迷。照理说，两人此刻已开着大熊的皇冠远走他乡了。

那就意味着汤本的不在场证明无异于空中楼阁。除非乔娜琳回到公寓或大熊落网，否则这个不在场证明就无法被证实。汤本拖到现在才装模作样地给出一个无法被证实的不在场证明，莫非他并不知道乔娜琳跟大熊一起逃了？

不，不在场证明不一定是人。或许关键不在于乔娜琳这个人，而在于公寓里有某种可以证明案发时汤本在乔娜琳家的物证，或是可以证明他不可能在案发时间前往犯罪现场的某种东西。

忘在乔娜琳家的钱包……钱包里有便利店的小票……打印在小票上的日期和时间恰好在作案时间段内……

朽木嗤之以鼻，随即蹙眉。

万一真有这样的东西留在了乔娜琳家，警方便是胜券在握。因为大声宣布汤本不在现场的那件物证，定将成为他处心积虑逃脱罪责的确凿证据。因为在那一天的那个时间段，他就在劫车案的犯罪现场，毋庸置疑。

朽木打开手边的台灯。

然后他钻到桌下，拖出一个装满磁带的纸板箱。里面的东西是可以提交的吗？如果朽木认为提交了反而对警方不利，他们将不得不回复法院"没有招供录音"。

首先是招供的瞬间，朽木将磁带插入录音机，按下播放键。

"5月8日下午1点7分，审讯开始。"是岛津的声音，态度强硬。

"喂，今天也该做个了断了。"

"……"

"站在客观角度想一想。除了你和大熊，还能有谁？"

听不到汤本的声音。朽木能感觉到，汤本的沉默令岛津倍感烦躁，越发激动。

"混账东西，少他妈给我装哑巴！我劝你趁早死了这条心！"

"……"

"是你吧？就是你吧？还不快招！不然死者化成厉鬼找你算账！好歹给人上炷香吧！"岛津的攻击无休无止。

磁带翻面后，朽木终于听到了汤本的声音。

"……好吧……饶了我吧……是我……就当是我干的吧……"

"就当是你干的？你他妈耍我呢！是你干的吧！就是你吧？喂，给我说清楚！"岛津的狂吼震耳欲聋。相较之下，汤本的声音显得分外虚弱。

"……嗯……是我干的……就当是我干的吧……你们就饶了我吧……"

朽木换了一盘磁带。

"……就是我刚才说的那样……求求你饶了我吧……头好痛啊，脑壳好像要炸开了……"

"少他妈瞎扯！具体的细节呢？还不快说！从在哪儿埋伏说起！"

朽木不禁咂嘴。

听哪盘都一样。没有一盘拿得出手。

岛津全程怒气冲冲，汤本则给人筋疲力尽的印象。被告人惨遭长期拘留，每天活在刑警的恫吓之中，失去了正常的判断力，承认了并没有犯下的罪行——大多数法官都会产生这样的印象，更别提爱好平反冤案的石冢了。

好算计。收在脑回路里的词组掠过脑海。

简而言之，汤本刻意选择了这样的招供方式，这一切也许都是他精心算计的结果。除了招供本身，还有招供的时间节点、内容和那饱含惧色的虚弱口吻。

朽木睥睨半空。

汤本被捕后便一直在思索，要如何争取无罪释放，免受铁窗之苦。

不难想象，他吸取了七年前的经验教训。在当年的强奸案中，警方只有受害者的证词，没有任何称得上物证的东西。因此汤本曾认定，只要自己矢口否认，也许就可以逃脱罪责，所以从被捕到法庭审理，他无时无刻不在喊冤。可到头来，他还是蹲了大牢。这段经历让他总结出了一条教训：光喊冤是赢不了的，这不是百试百灵的妙招。一个不小心，反而会被打上"拒不悔改"的标签，甚至影响法官的心证。且不论被告人是否真的犯了罪，在没有物证的情况下，审判结果在极大程度上取决于法官的心证。是上天堂还是下地狱，都在法官的一念之间。

所以这一回，汤本决定演一出"面向法官"的戏。

大略如下。

在警方用其他案件的嫌疑拘留他的前二十二天，一口咬定不关他的事。如果没几天就轻易招认，有可能让法官先入为主，认定"肯定是他干的"。在警方以抢劫杀人案的嫌疑再次逮捕他之后，他依然没有松口，同时斟酌招认的最佳时机。到了第三十五天，他觉得火候差不多了。于是他做好招认的思想准备，耐心等待岛津的亢奋达到顶点，在最合适的时机点自己"上台"。字斟句酌，精心演绎心理防线崩溃的刹那。成果便是刚才那盘磁带。

"……好吧……饶了我吧……是我……就当是我干的吧……"

"……嗯……是我干的……就当是我干的吧……你们就饶了我吧……"

"……就是我刚才说的那样……求求你饶了我吧……头好痛啊，脑壳好像要炸开了……"

就当是我干的吧——多么精妙的台词，值得夸赞。

我咬紧牙关坚持了那么久，为证明自己的清白费尽唇舌。可我实在是撑不住了。我的身心已经千疮百孔了。我终于屈服在了警方的百般折磨之下。悲剧的情节就此完满。

做完这些准备工作之后，便是最后的收尾环节。在一审的法庭上喊冤，缠着法官不放——求求青天大老爷，救救我这个被诬陷的可怜人吧。

朽木紧咬后槽牙。

不能提交"汤本主演"的磁带。但法官必然认定磁带是有的，警方若是不交，他就会怀疑警察的审讯方法存在不妥之处。换言之，无论交不交磁带，法官都会形成对汤本有利的心证。

能赢吗？朽木扪心自问。

梳理一下可以用作武器的间接证据。

案发四天前，汤本在涩谷的一家聚会用品店买了两个头套。店员的证词虽然证明不了犯罪本身，却是汤本与大熊早有预谋的重要证据。警方在商店的玻璃柜上提取了汤本的指纹，因此这已是无法撼动的事实。

问题是，汤本显然会在下一次庭审中"修正"之前的供认——我确实去那家店买了头套，但早有预谋不过是警方的一面之词。头套是大熊差我去买的，我不知道他要用头套干什么。

那就麻烦了。汤本确实当过大熊的跑腿小弟。如果他坚称两人之间的权力关系并无改变，警方就很难反击。

赃车呢？

案发后，两人开着赃车从犯罪现场附近的空地逃回了大熊家。后来，人们在F市郊区的河滩上发现了那辆赃车。那是一辆白色轻型货车，属于邻县的一家物业公司，大约两周前报失。通过走访，警方找到了汤本和赃车的关联。案发第二天夜里，有人在市内某自助洗车店目击到了一个疑似汤本的人。目击者称，当时那人正在用洗车店提供的吸尘器认真打扫一辆白色轻型货车的内部。根据目击者证词绘制的肖像与汤本惊人地相似。岛津将这份证据摆在汤本面前时，他表示偷车的是大熊，与他无关。第三十五天招供后，他承认自己找地方撂下了赃车，但对具体地点含糊其词。岛津忍无可忍，严词质问"是不是丢在河滩上了"，他才点了点头。法官不可能视其为基于自愿供述的"自曝秘密"。毫无疑问，汤本的算计也在这个环节发挥了作用。

下次出庭时，他定会连弃车的事实也一并否认。不过，虽然没有明确交代弃车地点，但汤本对两人的后续密谋做了非常详细的供述。与大熊的对话描述得生动形象，岛津也没有强加引导。在法官面前嚷嚷"那都是警察编造的故事"怕是说不过去。汤本有可能故技重施，再用一遍解释头套问题的借口——我确实被大熊叫去了废弃的作坊，但我是那个时候才知道大熊打劫了一辆运钞车的。大熊让我找个地方扔车，我就照办了。

朽木又磨了磨后槽牙。

还有运钞车司机兼岛的证词。出院后不久，警方就让他隔着单面镜认了认戴着黑色头套的汤本。兼岛说"就是他"，膝盖瑟瑟发抖，但他并没有在案发现场看到汤本的长相。三位法官（尤其是审判长石冢）恐怕不会太重视兼岛的证词。

能赢吗？朽木再一次扪心自问。

问题不在于能不能赢，他们非赢不可。一班的败北，就意味着F县警的败北。

乔娜琳。新加入脑回路的名字一闪而过。

不在场证明……算计……

只有这个环节对不上。汤本能自如操控招供这味"猛药"，针对法庭审理制订了周密的计划。为什么事到如今，他却亮出了一份模棱两可、几乎称得上"失焦"的不在场证明？

是陷阱吗？

汤本拒不透露乔娜琳的住处，一定要拖到传唤当天。他是料定了只要这么做，警方必然会查明乔娜琳的住处，冲进她家开展调查——瞧我说什么来着？警方就是这么不择手段，非要掐掉我的不在场证明！他想如此暗示法官，让审判朝有利于自己的方向发展。

许是脑海中早就亮起了危险报警灯，朽木没有让下属进105室。负责在室外监视的森用焦急的语气汇报，房门钥匙好像就放在带密码锁的邮箱里，不必惊动管理员，也可以入内调查。"我想组合一下乔娜琳和大熊的生日，看看能不能把锁打开。"朽木听出了森的弦外之音，却驳回了他的要求。如果他们贸然闯入，怕是会正中汤本的下怀。

问题是，如果汤本的目的就是诱使警方贸然行动，那就意味着他所谓的不在场证明只是一件用来搅局的工具，并无实质内容。只要警方不进门，它就会沦为哑炮。不仅如此，法院迟早会入内调查，一旦发现汤本的不在场证明全无事实依据，汤本就会因欺瞒法庭陷入绝境。

危险至极的豪赌。

汤本是明知风险的存在，仍要孤注一掷，还是他提前在乔娜琳家做了什么手脚？

朽木抱起胳膊，往椅背上一靠。

他看不到汤本的脸——隐藏在皮肤之下，只会在剥下脸皮之后显露的真面目。

朽木把手伸向录音机，将一盘写有"过往经历"的磁带插进录音机，按下播放键。

就在这时，朽木连连眨眼。他忽然感觉自己有所遗漏。

片刻后，他找到了一段模糊的记忆。今天白天，有一个词差点儿进入了他的脑回路。不，不是词，而是某人对他说的一句话。

"小学五年级之前，你一直都住在北见村？"

"对，直到五年级的第二学期。"

思路就此中断。岛津和汤本的声音传来。

"嗯？北见村不是因为修水坝被淹了吗？"

"不，我老家在更靠北的地方，在七沼附近。"

"七沼？"

"你不知道吗？有七座大小不一的沼泽连在一起，所以叫七沼。从七沼往西走上两千米就是我老家了。"

录这盘磁带的时候，审的还是网络诈骗案。气氛还没那么剑拔弩张。

朽木闭上眼睛。

唇角的笑意。

朽木在脑海中勾勒着那双薄唇的轨迹，专注聆听磁带中的录音。

5

眼睑发烫。

朽木抬起上半身,用衬衫的袖口拭去双眼的泪水。刚擦完,泪水再次泛滥。每次醒来都是如此。父母去世时都没掉过一滴的眼泪,就这么流个不停。

电话在响。

朽木下了休息室的床,推开办公室的房门。窗外已是一片大亮,挂钟指向5点45分。响的是他办公桌上的电话。

"一班朽木。"

"是我,"田畑课长的声音透着紧张,"岛津交了辞职信。"

朽木握紧听筒。

"我刚才去拿报纸,结果在邮箱里发现了他的辞职信。八成是半夜偷偷塞进来的。"

"怎么写的?"

"中规中矩的个人原因,没什么特别的。"

"知道了,我这就去他家看看。"

"对不住,有进展了给我报个信儿。"田畑在为推举岛津道歉。不过单就本案而言,朽木也是一根绳上的蚂蚱。

"还有——你看报纸了吗?"

"还没。"

"各家都做了大幅报道。被告当庭翻供，可把记者们乐坏了。"

朽木收拾了一下，拿了几盘录有汤本供述的磁带下到一楼。各大报社的晨报已经送到了门口值班室前的走廊。他拿起其中的一份，翻看起来。

标题很是醒目——《被告汤本全面否认》《案发当天有不在场证明？》《痛批审讯方式》等。

朽木出了楼门，走向停车场，却见三班的村濑班长从停车场迎面走来。扁平的圆脸油光锃亮。

待双方足够接近时，村濑开口道："哟。"

"够早的啊。"

"刚抓到红马（连环纵火案）的嫌疑人。"

"哦。"

"听说你们碰上麻烦了？"村濑摆出一副"活该"的表情，擦身而过。

朽木坐进班长专用车，将一盘磁带插入车载音响。在汽车发动的同时，车内响起了汤本的声音。

"哎，话可不能乱说啊。我可没下药，明明你情我愿，是她们死皮赖脸求我的，可那稀里糊涂的处男刑警非说我强奸。"想必是岛津提起了七年前的强奸案。汤本态度傲慢，话里带刺。

车开进一条商店街。都过6点了，路上的人和车还是稀稀拉拉的。

岛津尿了。

负责审讯汤本的刑警不敢上法庭，警方就输定了。汤本将被无罪释放，重获自由，带着那抹粗鄙的笑。

让他下半辈子都笑不出来……

点点小雨，拍打着挡风玻璃，也拍打着朽木的心。

答应我，这辈子都别再笑了。

那天也是这样的天气，阴沉的天空落下雨滴。

二十三年前的那一天。光天化日之下，发生了一起街头抢劫案。接到无线电通报的时候，他恰好在附近，于是拉响警笛，赶赴现场。快！他如此命令握着方向盘的年轻刑警。发动机咆哮不止。开进市区后，他便一直盯着前方，生怕有人从左边冲出来。

就在雨刷拭去雨点的时候，他看见一个年轻女人呆立在面包店门口的人行道上。女人一头长发，目光投向了隔开人行道和车道的杜鹃花丛。

说时迟，那时快，一个穿蓝裤子的小男孩从花丛后面蹿了出来。

后来他才听说，孩子才两岁零七个月，双耳失聪，生父不详。

急刹车、急打方向盘都来不及了。孩子那么小，以至于碰撞的那一刻，他什么都没看见。

唯有声响——咚。

座位被顶了起来，可以感觉到一团柔软却带有坚硬部分的东西从车下穿过。

警车因司机猛打方向盘失去平衡，冲上中央隔离带。卡车迎面驶来，生生撞飞了车的右半边，连带驾驶座上的年轻刑警。

他踉跄着爬了出来。雨势渐大。两具尸体躺在路上，皆已不成人形。紧咬的后槽牙竖着裂成两半。

仰头望天。那是他这辈子第一次向神明祈求。

奇迹并没有发生。唯有瓢泼大雨落在脸上。

年轻的女人披头散发。那分明是一张母亲的面庞，只见她紧搂着那具几乎被扯断的小小尸体，嘶吼。

小达！小达！

"岛津警官，你也真够拎不清的。都说了我什么都没干！没干过一件坏事！"

守灵会后，他跪倒在年轻的母亲面前。

她发出恳求般的声音。

别再笑了。

他本该点头，本该默默点头。然而……朽木不自觉地抬起头，注视着母亲的眼睛。

因为他心存怀疑。

她在面包店门口的人行道上看什么？她真的在看那丛杜鹃花吗？她看着的，是不是她的儿子？当时她是不是正屏息凝神盯着随时都有可能冲上车道的幼子？

孩子双耳失聪，生父不详。所以——

五天后，这位母亲在浴室割腕自杀。

"有完没完啊？跟我说保安的家里人有什么用？他有四个崽还是五个崽都不关我的事。"

如今的朽木了然于胸。

那位母亲的心中空空如也。

求你对天发誓，这辈子都别再笑了。

心中仍有念想的人，又岂会说出那般残忍的话语？

当时她是真的在发呆。不过是出神了一小会儿，许是日子过得太累，许是她正在想心事，所以没顾上儿子。

心中空空如也，但她还是四处寻找。被刑警饱含疑念的眼眸注视过后，她找遍了心中的角角落落。

然后，她就找到了——没生下这个孩子就好了。

天知道那是不是真实存在过的情感。兴许那不过是来源于朽木的内心，又强加给一个刚刚失去孩子的母亲的幻影……她没有辜负朽木的"期待"，走上了绝路。

如今的朽木很清楚自己为什么没有辞职。

从那天起，他一直在忘我地扒皮。日复一日，扒下嫌疑人的面皮，一窥暗藏其下的真面目。

不光是我。他也一样，还比我烂得更透。

"你凭什么说这话？凭什么说我是杀人犯？有本事就亮证据啊！混账东西，没证据还跩得跟什么似的！"

朽木按下手边的开关，启动雨刷。

他对岛津的人生并无兴趣。但为了扒下汤本直也的面皮,他不能在这个关键时刻对岛津放任不管。

6

"是您呀……我家岛津承蒙关照……"

岛津的妻子顶着一张倦意未消的面庞,表情写满疑惑。岛津家住的是租来的独栋房子。妻子是内衣推销员,升任区长时带着一家人搬出了狭小的公务员宿舍。

"他还没起来?"

"不,他就没在家。昨晚和他哥哥喝了两杯,就直接住下了……离这儿不远。"

朽木打听好路线,转身要走时,身后的人终究按捺不住:"请问岛津他……?"

"他交了辞职信。"

"啊……"她脸上分明写着"我早就知道",八成是岛津透露过这个想法。

朽木望向半空。

与岛津妻子的对话,勾起了一段被他抛诸脑后的记忆,勾起了那个他没能收入大脑回路,就这么搁在了脑海之外的词组。

早就知道——

出自昨天离开地方法院时，那个满脸雀斑的女记者抛出的问题。

您早就知道汤本会翻供？

简单一句话，直指关键。就在他确信无疑时，怀里的手机振动起来。

电话来自警务课的一谷调查官："来了个消息，你也许能用上。"

"什么消息？"朽木冷冷地反问。

一谷的语气也顿时生硬起来："你不想知道？"

"说来听听。"

片刻的停顿，外加咂嘴。

"事关汤本直也的律师齐藤。我查了一下，发现他在新宿开了一家律师事务所，但快开不下去了，还欠着汤本哥哥的钱，接这个案子好像也是为了抵债。"

破旧的西装夹克浮现在脑海中。

"简而言之，那律师都快买不起来这儿的车票了。要是能打赢，应该还有额外的酬劳，怕是会相当卖命啊。"

朽木直接挂了电话，没道一声谢。一谷做这些，并不是因为他忧心刑事部或朽木的处境。县警一旦遭到媒体的口诛笔伐，警务部的人就得吃不了兜着走了，因为他们的顶头上司就是气急败坏的本部长和警务部长。

朽木告辞离去。岛津的妻子自始至终都没有长吁短叹，这必然是因为她有能力赚钱养家。朽木料错了。他本打算告诉她岛津交了辞职信，让她帮忙挽留，谁知——

另一团更大的失望阴云在朽木的心头蔓延。激愤涌上心头。

不到五分钟，车就开到了岛津的哥哥家。朽木按下门铃。过了一会儿，疑似岛津哥哥的人踩着凉拖出来应门。朽木报上姓名后，对方顿时诚惶诚恐，深鞠一躬。

"我弟弟给大家添麻烦了，实在抱歉。"

看来岛津的哥哥同样知情。

"听说他在这儿。"

"对，在楼上……怎么说呢，我看他有点儿神经衰弱的意思……也不知道他能不能打起精神见您……"哥哥使出浑身解数，保护年近四旬的弟弟。这一幕岂止是滑稽，直让人悲从中来。

"十分钟就好。"朽木呼出一口气如此说道，随即从惊慌失措的哥哥身边穿过，自顾自脱鞋上楼。

岛津肯定听到了门口的对话。只见他跪坐在叠得整整齐齐的被褥旁边。

"早。"

"……您辛苦了。"

朽木在岛津面前盘腿而坐。两人离得很近，一伸手就能碰到对方。

岛津垂头丧气。即便如此，尚未消肿的右脸颊依然惹眼。

"不想干了?"

"……"

"为什么?说。"

"……对不起,都怪我无能……"

重案一班的审讯员挑着千钧之担,无须多言。但是——

"就这?"

"……"

沉默的停顿,让朽木的思绪有了着落。

昨天打岛津的手机时,他立即就接了。他本该在附属医院候诊,却没有关机。这说明他没有去医院,而是在某处等电话。因为他早就料到,朽木会在闭庭后立刻打电话召他回去。

朽木低头凝视岛津的双眸。

"你是不是早就知道汤本会当庭翻供?"

岛津目瞪口呆,眼睛几乎有平时的两倍大。

片刻后,他没肿的半边脸便挨了拳头。

岛津如虾一般弓身退后,头扣在房间角落的榻榻米上。

"对、对不起!"岛津双手抱头,蜷起的后背剧烈起伏,泪水打湿了榻榻米。

朽木默默等待。他也需要一些时间来平息心头的激愤。

过了一会儿,声音终于响起。

"对不起……我被汤本……被那家伙算计了……"岛津抬起头来,面无血色。

"那天……第三十五天，汤本终于招了，我也长吁一口气。我心想，谢天谢地，总算是拿下他了，总算有脸见一班的弟兄们了。可……"岛津声音嘶哑，嘴唇发颤。

"……两天后的中场休息。就在我暂停录音，森去上厕所的时候，汤本咧嘴一笑说'你算是完了'。"

朽木以沉默催他说下去。

"我听得莫名其妙。第二天、第三天……审讯室里只有我们两个的时候，汤本总会说那句话。我问他到底是什么意思，他也不回答，再怎么逼问都只是干笑。渐渐地……我就开始慌了。"

岛津就这样落入了汤本的圈套，焦虑与日俱增。"还不快说"很快就变成了"你就告诉我吧"。"想知道吗？"汤本卖足了关子。"求你告诉我吧！"在汤本被捕后的第四十天，岛津终于低头哀求起来。汤本心满意足地点了点头，胸有成竹道："其实啊，我有完美的不在场证明。"

"我只觉得五雷轰顶……"

审讯报告都交上去了，根来检察官也写好了同样内容的问询记录。最关键的是，岛津已是身心俱疲。一班的重责、跟软体动物一样难以捉摸的汤本，岛津很清楚领导对他的审讯能力有所怀疑。走投无路的他煞费苦心，好不容易才让汤本老实交代，却在最后关头被人家翻了盘，说有不在场证明。

岛津慌了，眼前一片漆黑。所有报告都成了废纸，又要从头来过了。不，来不及了，离拘留期满只剩两天了，没法重来，也重来不了。岛津胸如火烤,万爪挠心。

他告诉自己,那都是汤本瞎编的。他极力这样说服自己,却没有把握。他没有拿下汤本的切身实感,只得半信半疑地回家。他不敢说出来,没跟森提过一个字,也没有及时向朽木汇报。如果汤本真有不在场证明怎么办?每每想到这里,胃液都会涌上喉头,令他食欲全无。他蜷缩在被褥中瑟瑟发抖,一夜无眠。

第二天——拘留期满前一天,当审讯室里只剩他们两人时,汤本开口问他:"跟领导说了?"

"我没说!求你了,告诉我你有什么不在场证明吧!"岛津恳求道。汤本顿时哈哈大笑。他在瞠目结舌的岛津面前捧腹大笑,过了好一会儿才一本正经道:"岛津警官,这下你也成共犯喽——"

"我浑身发抖……发自内心的颤抖……"岛津用轻不可闻的声音说道,闭上眼睛。

朽木抱起胳膊,仰望天花板。

一言以蔽之,汤本的心机更胜一筹。从被捕到招供,足足三百多个小时。汤本用那段漫长的时间冷眼观察岛津。他肯定把自己代入了心理咨询师的身份,接受审讯的不是汤本,而是岛津。汤本看透了岛津的性格与立场,以及他心理层面的要害。

审讯室中的立场就此颠倒。密闭房间中的攻防战,并非招认之前的三十五天。岛津和汤本之间真正的战役,爆发于招认后的最后一个星期。

"然后？"就连身经百战的朽木，都有些不敢听下去了。

"汤本威胁我……要把我隐瞒不报的事情抖出去……我拼命求他，求他别说，求他饶了我……"此时的岛津已被汤本彻底拿下。

"后来呢？"

漫长的沉默后，岛津呻吟道："……他给了我几根毛发。"

"毛发……？"

"头发和阴毛……让我放在公寓的床上……"

乔娜琳的公寓，朽木暗自沉吟。

汤本用子虚乌有的不在场证明吓破了岛津的胆，还逼着他帮自己制造不在场证明。

制造不在场证明……

不，这样制造出来的不在场证明全无意义。因为头发和阴毛上并没有写日期和时间，把这种东西撒在床上，最多只能证明曾有一对男女在床上翻云覆雨，却无法锁定时间。

那为什么还要……？

摆在眼前的担忧，挡住了思绪前进的步伐。

朽木低头望向岛津。毫无疑问，汤本有所企图。而他相中的"爪牙"，是隶属于F县警搜查一课一班的警部补。

朽木的视线，牢牢锁定岛津肿胀的脸颊。

牙疼是怎么来的？是害怕去法院旁听，故意弄到自己牙龈发炎，还是在绝望的深渊咬紧牙关，以至于后槽牙碎成了两半？

一问便知："你放了？"

岛津抬起布满泪痕的脸："……我没有。"

朽木由衷地松了一口气："谁也别说。第三十五天之后发生的一切，要统统烂在你的肚子里。"

"班长……"

"走不走随你，但必须等判决出来再说。"

岛津低下了头。

朽木狠狠抓住他的下巴，硬逼他抬起头来："要么上证人席，要么以死谢罪——除了这两条路，你当自己还有别的路可走吗？"

朽木站起身，走下楼去。岛津的哥哥守在楼下，忧心忡忡。朽木撂下一句"盯紧了"，走向座驾。

只需戳破那毫无意义的不在场证明——刚冒出这个念头，朽木便停下了脚步。他全身僵硬，唯有大脑高速运转。小光点迸发出强烈的光芒，宛如一声惊雷贯穿他的全身。

没有意义的意义——

转瞬须臾，却好似漫长的几个小时。

朽木攥紧拳头。他看见了。

汤本直也脸皮下的真面目，清晰可见。

7

十天后。

头上蒙着夹克的高个男子站在一栋八层高的雅致公寓前,两个壮汉将他夹在中间。

身后有人问道:"猴戏演完了?"

汤本直也与两名管教同时回头,眼前是跨立着的朽木。

管教们吃了一惊,交换眼神。重案一班的"青面修罗",看守所的工作人员也是无人不知,无人不晓。

汤本却没有退缩。夹克深处的三白眼仿佛在说"哟,是你啊"。

朽木大步上前,低声说了句"让一下"便推开一侧的管教,抓住汤本的夹克,稍稍掀开耳旁的衣料:"心情如何?"

汤本没有回答,看回公寓。目光落在大熊悟金屋藏娇的105室。此时此刻,石冢法官、根来检察官、齐藤律师和数名县警的鉴证课员正在屋内查验。由于乔娜琳仍然下落不明,难以传唤,石冢决定行使职权,直接入室。汤本刚进去指认了案发时与乔娜琳欢好的床。由于房子太小,汤本解释完之后便奉命等候在外。

朽木压低声音:"你许了那律师多少钱?"

"啊?这都哪儿跟哪儿啊?"夹克里传出闷声,语气中尽是嘲弄。

朽木望向105室。鉴证课员应该已经在乔娜琳的床上采集到了汤本的头发和阴毛。岛津是拒绝了，但齐藤律师接了这差事。

齐藤没来过警局的拘留室，但汤本遭到起诉，被转移至看守所后，他倒是来探望过几次。律师有保密权，可以在无人监视的情况下面见被告人。而且F看守所设施老旧，被告人和探视者之间的透明隔板上开着几个传声孔。汤本正是通过那些几毫米大的小洞将头发和阴毛递了出去。

一切都按照汤本的指示进行。乔娜琳家的钥匙放在挂着密码锁的邮箱里。身为大熊的跑腿小弟，汤本时常出入乔娜琳家，知道钥匙的位置和开锁密码。

伪造不在场证明的酬金是一千万日元。搞不好有一千五百万日元，也就是劫车所得的一半。听到汤本开出的价钱，齐藤定是垂涎欲滴，毕竟他的事务所已岌岌可危。

"你这不在场证明还挺妙啊。"

"……什么意思？"这一回，语气中带了几分试探。

朽木已是成竹在胸。汤本一开始就没打算证明自己的不在场证明，他清楚伪造的不在场证明必然会被识破。他深知关键在于跟法官强调"我有不在场证明"，让法官觉得他说不定真有，一如在供述期间演出来的软弱。"主张自己有不在场证明"也是他的算计，目的在于影响法官的心证，让审判朝有利于被告的方向发展。

所以他伪造了一个如空气般难以捉摸的不在场证明。一个无法被证实，却也永远无法被推翻的不在场证明。

朽木说道："你为什么没在案发当晚弃车？"

"关你屁事，"烦躁的声音传来，"还不快滚！这里没你们的事！"

"随便聊聊罢了。我问你，大熊的脸都被人看见了，你就不觉得整晚都把那辆赃车停在他父母家很危险吗？"

蒙着夹克的头转向朽木，露出一只眼睛，含着浅笑："我咋听不明白呢？那抢劫案可不关我的事。"

"不许笑。"

"啊……？"许是朽木说得太轻，他没听清。

一群人走出105室。齐藤律师脸上挂着满意的神情，看来头发和阴毛已经被顺利采集到了。

汤本似乎也认为自己稳操胜券，被夹克挡住的脸咧嘴一笑。

"笑什么笑！"朽木抓住夹克，把汤本的脸拽到自己跟前。

"你、你干吗……！"

"回答我。为什么没在案发当天弃车？"

"你问我，我问谁啊？"

"不是不想，而是不能吧？"

汤本脸色一变。

"因为案发当晚，你开的是皇冠。大熊和乔娜琳也在那辆车上。"

在汤本的供述中，只有作案后与大熊商讨对策的部分格外翔实。无须岛津引导，他就主动交代了许多。但这一部分恰恰是他编造的谎言。因为他需要让警方误以为,他和大熊在作案后分头行动了。

"你……你这是恐吓!信不信我告诉法官啊?"他将目光投向停车场,寻找救命稻草。石冢审判长与根来检察官谈得正起劲。

"你就不怕我告状吗?"

"尽管去,去告诉他,你还杀了两个人。"

所有的动作戛然而止。一片死寂。

不。

咔嚓、咔嚓……响声来自盖着运动毛巾的手铐。汤本全身早已是抖若筛糠。

朽木继续说道:"我们已经派了百来号人去七沼打捞了。"

"啊……"皇冠十有八九沉在水底。连同所有的物证和两具尸体。汤本心想,大熊的脸都被人看见了,迟早会被抓住。到时候,自己也难逃法网。只要大熊活着,自己就得当一辈子的跑腿小弟。只有除掉他,才能彻底解脱……促使汤本痛下杀手的,也许就是这个念头。

乔娜琳是被殃及的池鱼,汤本还用她丰满了自己的不在场证明。通过杀害乔娜琳,汤本得到了一张名为"沉默"的王牌。正因为他知道乔娜琳早已不在人世,这个永远无法被证实或推翻的不在场证明才会成为他最理想的出路。

"混账……!"

布满血丝的眼眸，裸露的牙龈，疯狗般的喘息。然而，汤本面皮下的真面目已暴露在光天化日之下。那张脸只会坚定朽木的决心，推动他增派人手搜查七沼罢了。

"上绞刑架之前，别忘了交代钱藏在哪儿。"

朽木微微一笑，随即双眉紧锁，仿佛咬着后槽牙。只见他转身离去，大步流星。

第三时效

1

　　非常抱歉，昨天我惊慌失措，没法做笔录。现在稍微平静了一些，可以详细地讲述事情的来龙去脉了。

　　5日下午6点过后，武内电器店的武内利晴打来电话，说"我明天会很忙，想现在去你家装空调"。我回答他"那再好不过了"。因为连着好几个晚上都很闷热，睡也睡不着，我也想尽快把空调装上。那天轮到我老公值夜班，要第二天早上才回来，但我没想太多。可能因为我跟武内从小玩到大，所以没太提防他。上小学和初中的时候，武内的个子很矮，大伙儿给他取了个绰号叫"矮瓜武"。尽管他现在长得人高马大，但我一直没法当他是个男人，原因可能就在这儿吧。

　　装好空调以后，武内又帮我调了调电视机和录像机。为表示感谢，我想削个苹果招待他，便去了厨房一趟。当时应该快9点了，我端着苹果和水果刀回到起居室时，电视上居然在放色情片。那是我老公前一天租来的，插在录像机里没拿出来。我觉得匆匆忙忙跑去关反而尴尬，就没有立刻关掉。现在回想起来，我当时的行为确实是太轻率了。可能因为武内还单着，我就想逗逗他，同时想表现一下我是见过世面的已婚人士吧。于是我便笑着说："男人就爱看这些东西。"

可屋里的气氛很快就变得微妙起来。武内默默盯着屏幕，我甚至听见他咽了两三次口水。我说了一句"还是关了吧"，正要跪着挪去录像机那儿，他却突然从后面抱住了我，将我狠狠摔倒，又让我翻了个身，仰面朝天，然后压在了我身上。我吓得一声都喊不出来。直到他开始扒我的上衣，我才回过神来，拼命反抗。

武内拿起桌上的水果刀，顶着我的脸颊，低声威胁我，说什么"不许喊""要不了多久"……我从没见过那么凶神恶煞的武内。他双眼充血，喘着粗气。直觉告诉我，如果不顺着他，等待我的就是可怕的暴力，搞不好还会丢掉小命。我怕得不行，浑身发抖，只能任由他摆布。那段时间过得好慢好慢，我从头哭到尾，只盼着他赶紧完事。

过了好一阵子，武内终于站了起来，轻声说了句"对不起"。就在他开始穿衣服的时候，我听见前门开了，我下意识喊了一声"救命"。厨房顿时响起一串噼里啪啦的脚步声，我老公很快就冲了进来。见我一丝不挂，他顿时瞪大眼睛，跟野兽一样大吼一声，冲向试图逃跑的武内。他们扭打起来，倒在榻榻米上。我吓得腿都软了，动弹不得，一直在喊："住手！住手！"

打着打着，他们分开了。我定睛一看，武内举起了水果刀。

他拿刀指着我老公，吼了好几声"让开"，因为我老公就站在门口。我老公倒着走进厨房，然后一个转身，因为他看到了搁在冰箱旁边的金属球棒。那是他之前从公司带回来的，说是用来防身。武内也注意到了那根球棒，大吼着"不许动"。我老公背对着我，跑了几步。武内也冲了过去。就在我老公抓住球棒的瞬间，武内从后面扑向了他，把刀子插在了他背上。我老公"啊"了一声，瘫倒在地。

之前也说了，后来发生了什么，我都记不清了。大概一直在哭喊求救吧。

2

时间主宰了这间公寓。

在场的所有人都凝视着电视旁边的座钟。秒针划过白色表盘的左侧，徐徐上移。9……10……11……当三根指针在12的刻度上重叠时，某人的手表哔哔作响。午夜零点了，的哥被害案成为十五年前的过往。

本间雪绘的视线落在榻榻米上，从身体深处呼出一口气。她肩膀窄得可怜，本就纤瘦的身子仿佛又小了一两圈。

而男人们——F县警重案组的刑警没有就此放松。桌上的电话连着定位设备，警方仍抱有一线希望：在逃的武内利晴也许会误以为时效届满，打电话给雪绘。

要到七天后的午夜零点，时效才会真正届满。杀害本间敦志后，武内在中国台湾待了七天。《刑事诉讼法》第二百五十五条规定，嫌疑人出国期间，时效暂停计算。这一条文因媒体报道和小说而广为人知，但武内不一定知道。毋庸置疑，未来七天是逮捕武内的最后时机，也是最佳时机。搜查一课称今天为"第一时效"，七天后则是"第二时效"，并在全县暗中布下天罗地网。

半夜1点过后，房中唯有风扇的声响。在女警的一再催促下，雪绘终于躺下了。她畏畏缩缩地将夏被拉到胸口，背对刑警，躲在女警身后。

电话依旧"沉默"。

森隆弘盘腿靠墙坐着，习惯性地摸了摸头。他在这里蹲了整整两个星期，标志性的小平头都长长了，摸着别扭。他早已习惯等待，多年的刑警生涯几乎让他生出了错觉，仿佛等待就是他的工作。

2点过后，隔壁房间的推拉门开了。T恤配热裤的本间亚里沙现身走廊，她正读初二，十四岁。她没看刑警们，而是径直走进漆黑的厨房，打开冰箱。冰箱的灯光照出一张神似雪绘的端丽侧脸。

不，也不是处处都像。

负责亚里沙的森不自觉地将视线投向那丰满的耳垂。雪绘的耳垂很小，小小的耳洞都显得无处安放。亚里沙则不然，耳垂形状也明显不同于遇害的本间敦志，却与照片里武内利晴的耳垂一模一样。人间惨剧，莫过于此。

武内也注意到了。三年前，他打电话给雪绘，也曾问过。

那孩子是我的女儿吧？

亚里沙关了冰箱门，提着可乐瓶瞥了森一眼，留下一串细小的脚步声，消失在了隔壁。

诱饵——楠见班长如此称呼她。他苍白的面庞在森的脑海中一闪而过，顿时让他生出了轻微的反胃感。今天明明是"第一时效"，楠见却没有现身。这位班长出身公安[1]，人称"冷血动物"。下属没人知道他身在何处，他内心的想法更是无人知晓。

3

天空泛起鱼肚白。

霞光公寓104室中摆着三套被褥和十人份的行李。搜查一课在半个月前租下了这套房子，派楠见率领的重案二组（人称二班）驻扎于此。本间母女就住在隔壁再隔壁的102室。公寓的后窗对着电镀厂的外墙。需要进出102室时，刑警们一律不走正门，而是悄悄爬窗。

---

[1] 日本的公安警察主要负责维护公共安全与秩序、情报工作和处理与国家安全相关的案件。

森迅速脱下衬衫和长裤，钻进墙边的被窝。小睡三小时后，他还要护送亚里沙上学，并留意她周围的情况。这样的日子已经过了整整两个星期。

此时此刻，他本该和一班的弟兄们一起追查高音町的一起女职员被害案。被调来地位不及一班的二班帮忙确实令他略感不爽，但他对这起的哥被害案也绝非全无兴致。

森与此案颇有渊源。十五年前案件刚发生时，他也是被抽调的人手之一。那时他刚调离派出所，进了片区警署的刑事课。听闻凶案发生，他便和前辈驱车赶往邻区，机缘巧合下还立了一功。他在弹子房的停车场发现了一辆印有"武内电器"的轻型卡车，还在位于那家弹子房和本间夫妇当时居住的独栋出租屋之间的儿童公园找到了目击者。目击者称，他撞见一个年轻男人在公园里用自来水洗沾满鲜血的手。

这份幸运为森的刑警生涯开了个好头。如果没有那天的发现，我还能调进本部吗？如今他已混成了老资格，却还是时不时冒出这样的念头。

然而，为一名年轻刑警铺就晋升之路的的哥被害案迟迟没能圆满结案。武内利晴差一点儿就落网了。他回了一趟自家的电器店收拾东西，跟父母撂下一句"我去趟东京"便逃之夭夭。远走异国——如果当时的搜查一课考虑到了这种可能性，定能在他出入境时一举拿下。

"阿森。"边上传来闷声，是比他先一步躺下的宫岛。宫岛负责盯着雪绘。她去附近的超市做收银员时，是宫岛在周围警戒。

"干吗？"森一边反问，一边往自己肚子上盖毛巾被。

"没来电话，是不是说明武内那小子知道时效延长了啊？"

"不好说。要打也得等天亮吧。"

"你猜他知不知道？"

森思索片刻后回答："五五开吧。"

武内高中一毕业就继承了家里的电器店。尽管他没有学习法律的机会，但森自己都不止一次在电视剧里看到过刑警利用时效暂停的条文逮捕罪犯的情节。

"也不知道本间太太心里是什么滋味……"宫岛似在自言自语。

森也在琢磨。十五年前，雪绘在医院查出身孕。是丈夫的孩子还是……据说雪绘顿时癫狂错乱，口口声声说自己遭了天谴。皆是自责使然。丈夫一命呜呼，腹中又多了个生父不明的孩子，都怪她给了不该给的可乘之机，勾引了武内。当时她发展到了需要心理疏导的地步，说是做了三十多次心理咨询。

最终，雪绘选择生下这个孩子。不难想象，这个决定建立在纠结烦恼之上。

肯定是我老公的，我们都结婚三年了，一直在备孕——雪绘当时跟朋友说过这么一番话。她还痛哭流涕道，自己年少无知时堕过两次胎，再来一次，怕是就怀不上了。

亚里沙的耳垂便是答案。她是B型血，一如武内。雪绘一定深深品尝到了"天谴"二字的滋味——我给杀害丈夫的人生了一个女儿。她究竟如何看待亚里沙的降生，又是怀着怎样的念想抚养了这个孩子整整十四年？

"她怕是也不想让我们抓住那小子吧。"宫岛幽幽道。森还以为他已经睡着了。

"……也许吧。"森叹着气回答道。

他甚至不敢轻易揣摩雪绘的心情。被自己信任的老同学强暴，一定给她留下了极深的心理创伤。更可恨的是，对方还害死了自己的丈夫。然而，捅死她丈夫的那位老同学，也是亚里沙的亲生父亲。

她是不是还没走出不该勾引武内的自责？进公寓前通读过的笔录浮现在森的脑海中。"没太提防""轻率""逗逗他""见过世面的已婚人士"……笔录是案发两天后做的，惨剧仍历历在目，雪绘的叙述却满是自责与懊悔。

最关键的是，雪绘一定很担心女儿的未来，日日为此焦心。亚里沙对自己的身世一无所知。警方并没有对外公布雪绘遭强奸一事。但武内一旦落网，一旦被送上法庭，隐藏在凶杀案深处的丑闻便会大白于天下。届时，亚里沙完全有可能知晓那可憎的真相。

森闭上眼睛。

雪绘在午夜零点到来的那一刻长吁一口气的模样浮上心头。

悬心落地，便是那一幕给森留下的印象。抓不到武内也好，就让我们母女太太平平过下去吧——也许这才是雪绘内心深处的想法。

倘若真是如此，现在放心还为时过早。离"第二时效"还有七天。如果武内不知道时效暂停过七日，就很有可能联系雪绘。

毕竟有三年前的那通电话。

那孩子是我的女儿吧？

据说武内先是为自己的罪行反复道歉，然后战战兢兢问出了这句话。雪绘断然否认，武内却反复追问"真的不是吗？"。挂电话时还不死心，说了句"我会再打给你的"。

雪绘当即报警。当时的搜查一课一阵骚动。武内知道亚里沙的存在。"那孩子"这个叫法说明他亲眼见过亚里沙。这意味着他涉足过本间母女的生活圈子，哪怕只是暂时的。雪绘称，电话似乎来自公用电话亭。警方认为武内有可能藏身于本县，于是与这次一样加派人手，布下天罗地网。当时手上没案子的重案三班守在雪绘家，等待武内的第二通电话。

然而，绝密行动竟以一种出乎意料的方式胎死腹中。走漏了风声，"受害者接到凶手来电"一事登了报。许是为了保护本间母女的隐私，报道并未提及电话的内容，但对县警而言，这无异于泄了他们的底。武内就此音讯全无。他肯定是看到了报纸，生怕警方通过电话追踪到他的位置，只得放弃联系雪绘。

不过，如果时效届满，那就另当别论了。到时候，警方就奈何不了他了，不必再惧怕警方顺着电话找过来。毫无疑问，武内惦记着亚里沙。从打电话的那天起，他已沉默了整整三年，心中定有万千思绪。确信时效届满后，他定会对雪绘或亚里沙有所行动。

是今天、明天，还是"第二时效"过后？无论如何，都只能静观其变。县警别无选择，只能耐心等待，祈祷武内犯错。

好歹睡一觉。

森将毛巾被卷到腋下，背对着宫岛。头脑却很清醒。揣度雪绘的心态，似乎牵出了更多的思绪。脑海中悄然浮现出一张眉眼落寞的瓜子脸——进藤秋子。

森在走访调查时认识了她，至今已有半年。执行这项任务前，他们第一次有了肌肤之亲。离婚吧——森的这句话，让秋子流下一行清泪。她今年三十七岁，比森大两岁。因丈夫家暴不止，她不得不带着八岁的儿子东躲西藏。"给我一点儿时间好吗？"秋子恳求道。

森猛吐一口气，用毛巾被蒙住头。离"第二时效"还有七天。无论结果怎样，案子都会画上句号。

可是……他又琢磨起了雪绘的心思。无论结果如何，让她煎熬多年的烦恼会在这七天里圆满收场吗？他抓住姗姗来迟的睡魔，但脑海中的某处仍在不住思索。

4

早上6点半。闹钟的铃声打破了浅浅的睡眠。

森走去水槽洗了把脸,顺便草草洗了个头。爬后窗进102室时,亚里沙已经换好了校服,正坐在餐桌的一角啃吐司。森轻轻道了声"早",从她身后走过。洗发水的香味扑鼻而来,一如往常。

亚里沙的心情好得出奇:"咦,森警官也洗过头啦?"

"这都能看出来?"

"能啊,因为你今天没顶着爆炸头过来嘛。"

就在这时,刚化好妆的雪绘恰好走出洗手间。由于缺乏睡眠,她的气色不太好,但那张脸还是美得荡魂摄魄。眼角仍有昨日流露的安心之色。

起居室里坐着几个刚值完夜班的刑警,个个胡子拉碴。看他们的神情,便知武内没打电话来。如果今天早上还没动静,可能性最大的便是今晚。不必再担心警方追捕的武内又有什么理由推迟联系雪绘的时间。换个角度看,如果今晚还不来电话,那就意味着他很可能知道时效暂停一事。

"接着盯?"森问道。

二班的植草主任望向电话:"一声都没响,可不得接着盯吗!"

"楠见班长怎么说?"

"也没信儿。"

换言之,指挥官不在前线的异常状态也没有丝毫变化。连森这个被抽调来支援的人都有些窝火。

"他到底在哪儿啊?"

"鬼知道那公安佬跑哪儿逍遥去了。"植草没好气地回答,毫不掩饰心中的厌恶。边上的两个弟兄也拉长着脸。

森默默叹了口气。

刑事部门就没有一支和乐融融的团队。刑警个个争强好胜,更何况是本部重案组的成员。只要表现出一丁点儿松懈或软弱,就立即会被发配片区,所以大伙儿心里都绷着一根弦,甚至把同组的弟兄视作假想敌。

不过一旦接手案件,众人便会摁死小我,各司其职,朝着逮捕罪犯这一唯一且绝对的目标不懈奋斗。警察组织像极了保守而封闭的村落社会,而"班"则相当于村落的最小单位"家庭"。为了本班的荣誉,不能给班长丢人,刑警们暗暗吟唱歌颂人情义气的浪花曲,强压住横冲直撞的好胜心。

可二班呢?没有一个下属愿意为楠见卖命。不,楠见这人压根儿就没对下属有过动之以情的念头。对他而言,下属无异于四肢。森加入这次行动后不久便深刻认识到了这一点。

楠见布置给森的第一项任务,是调查F地方法院刑事部的法官平时常去哪里。高档餐厅、俱乐部、高尔夫球场、围棋会所、亲朋好友家……森需要全部梳理出来,上报楠见。森惊愕不已。

也许这就是公安的行事风格，可他无论如何都想不通，为什么调查这起的哥被害案需要摸排法官的周边情况。森问为什么，楠见却没有回答。唯有凹陷眼窝深处的一双黯眸威逼他执行命令。

高层的意图也着实令人费解，怎么就把案子交给了楠见率领的二班？楠见身上有难以洗清的嫌疑——事关三年前走漏的风声。

是谁向媒体泄露了"武内给雪绘打电话"一事？

当时警方开展了地毯式的猎巫行动。泄密者必然在搜查一课内部。因为一课瞒下了此事，连片区警署都不知情，就是为了防止泄密。

泄密者的身份始终没有被查明。一课的所有刑警都矢口否认，并为自己遭到怀疑愤慨不已，唉声叹气。森也不例外。刑事部有一条不成文的规矩：绝不向媒体泄露别班的侦查情报。因为他们心知肚明，一旦坏了这条规矩，就会陷入报复的泥潭，无休无止。如此想来，当时负责本案的三班就是最可疑的，可消息一旦见报，这案子就没法查下去了，又有谁会干出这等蠢事？

最终，众人将怀疑的目光投向了楠见这个捉摸不透的"外人"。毫无依据，泄密的目的也不得而知，但建立在刑事部老规矩之上的排除法，将矛头指向了这位有公安背景的班长。三班的村濑班长在怒火的驱使下质问楠见："是不是你？"楠见闭口不答，唯有一双黯淡的眼眸盯着村濑，暗含威吓。

楠见的嫌疑仍未洗清。那上头为什么还派他——

"我走了。"亚里沙对雪绘打了声招呼，走向门口。

植草对无线麦克风说道："二号出发上学。"森对他行了注目礼后，翻出后窗，快步穿过公寓与电镀厂之间的狭窄缝隙，绕过边上家具仓库的外墙来到街上。"二号"的身影立时映入眼帘，根本不用他刻意寻找。亚里沙走在他前方约二十米处，走去她就读的初中用不了十分钟。

不同于跟踪的是，森不必一直盯着亚里沙的后背。他的职责是逐一检查看她的男人，大脑反复比对那些人的长相和武内利晴的脸，那张乍看温柔的圆脸。任样貌如何变化，森应该都不会漏掉那双丰满的耳垂。

亚里沙频频留意鞋跟，那是昨天刚买的乐福鞋。

森与她保持一定的距离，跟在后方。

在执行任务的过程中，他深刻认识到了亚里沙对男人有多大的吸引力。与她擦肩而过的高中生、等公交车的上班族、开卷帘门的店老板、驾驶往来车辆的人……是个男人都会看她几眼。森还注意到，有不少人每天都暗暗期待见到亚里沙的倩影。有些只是怦然心动；有些则跃跃欲试，想和她搭讪；还有些明显有视奸的恶癖。亚里沙身边总有许多男人蠢蠢欲动，随时可能变成跟踪狂。宫岛告诉他，据说亚里沙的母亲雪绘年轻时玩得很花。观察了亚里沙整整两周的森可以做出相反的解释——是雪绘周围的男人不舍得放过花容月貌的她。

亚里沙拐进一条人头攒动的大马路。

两个……三个……四个……随处可见二班刑警的面孔。还有人跟女警搭档，冒充情侣。机搜队的便衣警车从前方横穿而过。紧随其后的第二辆车停在路边，假装买烟。

亚里沙在等红灯。人行横道对面有个中年男子抬眼打量着她。对方戴着棒球帽，帽檐拉得很低。一名刑警悄然靠近，故意丢下手帕，一边弯腰捡起，一边留意那人的长相。

亚里沙穿过人行横道，沿下坡路一路前行。只见她低头看了看表，稍稍加快了步子。同事们给森使了个眼色，四散开去。

不远处就是初中的教学楼。亚里沙兴高采烈地和同学们并肩而行，然后与另一群同学会合。她回头看了森一眼，随即融入人群，被校门吸了进去。

森轻吐一口气，掏出裤兜里的手机，打给植草主任。

"二号到达，一切正常。这就前往A点待命。"

森转身往回走。A点是一栋老旧的两层小楼，原路返回三十米左右就到了。屋主吉田是预防犯罪协会的干部，妻子则是女司机俱乐部的成员，夫妻俩都与警方有合作。这次他们也痛快地提供了自家二楼的房间，分文不收，尽管警方并未告知缘由。

"不好意思，又来打扰了。"

"你们真辛苦，一天都歇不了。"

森与体形如啤酒桶般的女主人打过招呼后，便上了二楼。这是个朝南的房间，面积六叠[1]左右，小女儿出嫁以后空了出来，唯有粉色的窗帘诉说着往昔的岁月。他在窗边摆了把椅子，默默坐着，观察学校前方的马路。早高峰已过，街上冷清了许多。

森并不觉得武内会现身于此。

但经验老到的刑警都知道，办案总免不了万一和意料之外。这也许是因为，犯罪的本质就是打破世间常识和固有概念的行为，所以警方才布置了这么多人手。点位共有四处，从A到D，学校周围的四条路都在警方的监控之下。

A点负责的路上人影全无。

有个男人站在学校操场的角落。森举起望远镜一看，原来是体育老师。

半小时……一小时……

森转动脖子，缓解酸痛。他忽而想起秋子的体香。就在这时，一道伫立的背影闯入视野，就在这栋房子跟前。

森咽了口唾沫。

对方仿佛是听到了动静，转过身来，抬头望向森所在的二楼窗口。一双黯淡无光的眼眸。阔别两周的楠见猝然现身，毫无预兆。

---

[1] 日本面积单位，1叠约1.62平方米。

5

几分钟后，房门开启。

森站起身，默默行礼。来人却不回礼，唯有杀气腾腾的气场逐渐逼近。

"让开。"楠见盛气凌人。森让出椅子，站在窗边，将目光投向教学楼，无言看了好一会儿。沉默搅得森心神不宁，总觉得说点儿什么，却不知说什么好。人世间最别扭的事情，莫过于跟一个和自己没有共同语言的人共处一室，共度一段时光。同属县警，同属搜查一课，正在侦办同一起案件，即便如此，森还是找不到话头。

是楠见造成了眼下的局面。除去他主动发展的关系，此人拒绝与他人产生交集，切断了沟通的频道。

"森，"频道突兀地开启，一如往常，伴随着阴冷的声音，不带感情色彩的双眸转向了森，"这边不用你盯了。先把女人处理掉。"

森听得一头雾水。女人……？处理……？

森瞠目结舌。难道——

"您查过我？"森的声音微微发颤。

楠见掏出一支烟点上："没查，只是撞上了我的天线。"

"……哪方面？"

"进藤秋子的老公是个左派支持者。"

"不！"森用尽可能平静的语气反驳道，"那人就是被吹捧冲昏了头脑，对工会比较上心而已。而且她有离婚的打算，我不认为她有什么问题。"

"她真肯离？"楠见不假思索地反问，饶得森说不出话来，秋子确实还没下定决心。

"我、我相信她会的。"

话音刚落，楠见便缓缓呼出一口烟："世上竟还有相信女人的蠢货。"

森几乎瞬间沸腾："您这话什么意思？"

"字面意思。"

"您不能以偏概全，她——"

"断了吧，"不带抑扬顿挫的声音打断了他，"那就是个妓女。除了正牌老公和你，还有别的男人。这会儿正忙着盘算要把自己卖给谁呢。"

刹那间，森的脑海一片空白。

妓女……这个词与他心中的秋子相去甚远。所以他尚存一丝理智。

"您是说那个房产中介？那人我知道。她说人家很热心，帮忙找了一处方便藏身的房子。"

"没收她房钱这段也说了？"

"啊……？"

"你知道她是白住的吗？"

森全身僵硬。

秋子告诉他，每月的房租是四万五。上个月，他还给了秋子三万。秋子合掌道谢——不好意思呀，就当是我借的。

森摇了摇头。他在心中痛骂自己，这种人说的话你也当真？最了解秋子的难道不是你吗？她不是那种满口谎言的女人。

森的语气强硬了几分："这不归您管。她的事我自有考虑。"

"还想听下去？"

"您不必再说了，我已经打定主意要娶她了。"

楠见将烟头插进盆栽的土："那就把辞职信交了，尽管找你的妓女去吧。"

第二声"妓女"直戳天灵盖。

森攥紧拳头："有种你再说一遍！"

"还没吃够苦头呢？"

"什么？"

"你十年前不是跟一个公安委员求过婚吗？滋味如何？"

"啊……"

"女人就这德行。只要有利可图，她们就会不惜一切缠着你，连身体都用上，直到最后一刻。"

"闭嘴，公安佬！"要不是听到了上楼的脚步声，他怕是一拳砸上去了。

"久等啦。"门开了。女主人端着大麦茶走了进来，肥硕的身子左摇右摆。

"来来来,喝点儿凉的解解暑。"

森抬眼瞪着楠见,身体微微发颤,愤怒自大脑传遍全身各个角落。愤怒之外,亦有恐惧。眼前这人说了这么多字字扎心的话,却是面不改色,他身上真流淌着红色的热血吗?

森不由得回想起楠见的前科。

八年前,楠见以公安"特务"的身份开展了对某邪教组织的调查。他花了半年多的时间,把一名与邪教关系密切的十八岁女子发展成了警方的合作者。不过她的性质与提供空房间的吉田夫妇截然不同。她是线人,也就是间谍。楠见利用线人搜集到了邪教的各种内部情报。谁知那线人刚引起邪教内部的怀疑,他便弃之如敝屣,与她断了联系。最终,线人在教徒的猛攻之下坦白了一切,受尽折磨,一命呜呼。

不久后,楠见破例升任警部。因为警方以死去的线人为突破口,对该邪教进行了强制搜查。然而,许是那位被楠见吃干抹净的线人的怨念作祟,邪教的余党在本县大肆散发传单,控诉楠见的恶劣行径,断送了他的公安刑警生涯。森也见过那些传单。上面不仅印有楠见的真实姓名,还有他在公安部门的工作经历,外加一张制服照。

后来,楠见辗转于本部的各大管理部门。警务课、厚生课、信息管理课……据说他那段时间一直在暗中搜查潜伏在警察队伍内部的邪教同情者。因为他发现,印在传单上的照片由存放于警务课的底片冲洗而成。也许他真的揪出了害群之马，立下了战功。一眨眼的工夫，他就以众人意想不到的形式回归了刑侦一线。

但他没被调回公安，而是进了搜查一课。此事倒也并非史无前例。柏林墙轰然倒塌，东西方冷战宣告结束的时候，恰好也是多方呼吁扩充刑事部的时候，所以当时有许多在公安部门无事可做的中层干部被接连调往搜查一课。

话虽如此，重案组毕竟是刑事部的门面招牌。把一个有公安背景的人调进如此关键的团队还是头一遭。而且楠见一来就当上了二班的班长。刑事部的老资格们自是惊愕不已，火冒三丈。眼睁睁看着他插队的三班更是毫不掩饰心中的憎恶。泄密事件发生后，村濑之所以对楠见穷追猛打，也不仅仅因为他是外人，背后还有围绕各班排名的旧恨。然而，饶是有"探案天才"之名的村濑，都没能突破楠见的铜墙铁壁。

这都是因为楠见没有辜负高层的期望。在过去三年里，每一起交到他手上的案子都圆满告破。据说他的实力已与一班的朽木不相上下。绰号"青面修罗"的朽木也是个性子冷淡、让人捉摸不透的人，但森这个下属偶尔也能一窥隐藏在铁面之下的激情、愤怒与哀伤。当朽木全神贯注于案件时，森确确实实会在某些时刻切身感觉到他体内奔流的热血。

然而，楠见则不然。冷血动物——今时今日，森才切身体会到，二班刑警们暗地里取的绰号是多么贴切。

女主人的脚步声远去后，森先发制人："丑话说在前头。我是一班的人，轮不到您指手画脚，请不要多管闲事。"

楠见点了第二支烟："行，那你滚吧。诱饵我盯着。"

"恕难从命。派我来支援的是尾关部长，他不点头，我就不能擅离职守。"

楠见用黯淡的眼眸凝视着森。冰凉的视线，令人毛骨悚然。

森吸了口气，抱着划清界限的决意说道："七天过后，各走各路，互不相干。我今后也绝不会在您手下做事。"

片刻的沉默后，楠见转身走向门口，却又中途停下脚步，头也不回地问道："如果七天完不了呢？"

"啊？"他的大脑被震撼了。还能有第八天吗……？

怎么可能？照理说"第二时效"一过，警方就束手无策了啊。

"什么意思？"森忙问道，然而频道已然关闭。消瘦的背影消失在门后，只留下一团缭绕的青烟。

6

从上午到下午，森一直闷闷不乐。起初琢磨的还是时效，但不知不觉中，思绪与情绪便被秋子吞噬殆尽。

随着时间的流逝，楠见留下的刺耳话语生出阵阵疼痛，犹如挨了一记重拳。一度压下的疑念死灰复燃,那素未谋面的房产中介也被他勾勒成了肥头大耳的模样。

从口袋里掏出手机的次数又岂止五次、十次?绰绰有余的时间一次次诱惑着他,甚至有一回,手机屏幕上已经显示出了秋子家的电话号码。

抑制住这股冲动的,许是一班成员的自尊。以防万一。掌中的手机是这个房间里唯一的通信工具。万一出现了意外情况,同事紧急来电,他却在"通话中",电话那头还是他的女友……借口虽不难找,可要是真出了这种事,森绝对无法原谅自己。

撇开情绪不谈,他的眼睛从未擅离职守。正因为有这份自负,亚里沙突然进屋时,他才会一脸凶相。

"吓死人啦!"亚里沙调侃道。她的笑容虽然灿烂,却有几分强颜欢笑之感。

"警察叔叔,嫌我碍事呀?"

"不是让你别来吗?"

"小气鬼。就一小会儿嘛,有什么关系!"

换作楠见,定会立即将她轰走。给武内利晴下的"饵"待在刑警盯梢的房间里,这还有什么意义?

"就五分钟,好不好吗?求你啦,求你啦,求你啦!"

"嗯……那就留你五分钟,多了可不行。"

森暗暗咂嘴,垂眼看表,刚过4点半。"第一时效"前也有过两三次,亚里沙混在逃避社团活动的学生里,偷偷溜出了校门。亚里沙是网球社的，正常的离校时间是下午6点。

"今天有点儿困，还不是被你们昨晚吵的……"

亚里沙找了个借口，但她的目的显然是森掌握的情报。

"森警官，真正的时效是一星期后吧？"

"是啊。"

如果真有"第三时效"，那就意味着警方查到武内不止去过中国台湾。森琢磨了一上午，对楠见那句令人费解的话做出了这样的解释。

"不过，小沙，你可是答应过我们的，这事连你最好的朋友都不能说。"

亚里沙噘起了嘴："知道、知道。哎，能不能别叫我小沙啊？"

"哦，抱歉。"

亚里沙破颜一笑。生气与欢笑，看着都有点儿假："话说杀了我爸的人知不知道真正的时效呀？"

"不好说。"

"哦……"亚里沙一边问东问西，一边在房间里踱来踱去。她是不想让森看穿自己的心思。

森坐了下来，望向窗外。他今天实在懒得应付亚里沙。可能是因为他一直在想秋子，只觉得突然现身的亚里沙像个多管大人闲事的孩子。

正要开口说"时间到了"，亚里沙却面带微笑，用轻快的语气问道："杀我爸的凶手才是我的亲生父亲吧？"

上头安排他负责亚里沙以后，他时刻提防着这种万一的情况。即便如此，他还是不确定自己能否完美应对。只得先装作惊讶，再笑两声，最后摆出无语的表情："傻孩子，是不是做噩梦了？"

亚里沙死死盯着森的脸。她在从森的眼眸中寻找成人的谎言。

"我上网查到的，"亚里沙换上一本正经的表情，"森警官，你大概不知道吧？旧报纸什么的都能在网上查到的，上面就是这么写的。"

森竭力修正发僵的脸颊。亚里沙在套他的话，报纸从没刊登过这样的报道。

"肯定是假新闻。"他否定了报道本身，而非亚里沙的观点。哪怕报上真有过那样的报道，他也要一口咬定，那都是瞎编乱造。

亚里沙却不肯罢休："我觉得是真的。"

"怎么可能……"

亚里沙突然把头一转："因为我的耳朵不像爸爸，也不像妈妈……"

森的呼吸凝住了。

她确实查过当年的报纸，找到了报上的通缉照片。虽是正面照，但武内丰满的耳垂还是分外惹眼。

"是吗……"森装傻充愣,依次看了看亚里沙的左耳和右耳。

"而且——"亚里沙掐着两边耳垂的手指越发用力。

"在我很小的时候,我妈……"亚里沙的指甲深深陷入耳垂,泪水在她的大眼睛里打转,"就这么掐我……我哭着喊疼……她还掐……"

森无言以对。

"掐完了,她又会特别温柔地摸两下,就跟摸小猫咪似的……"亚里沙摸了摸自己的耳垂,泪水如断线的珍珠,"我妈还以为我不记得了。可我记得清清楚楚,因为我太害怕了……"

森伸出手,抓住亚里沙的手腕,从耳边拽开。

"怎么会呢?"冒火的喉咙硬挤出话来,"直接找你妈问问不就行了?你和你爸都是B型血,可凶手是A型血。我们查得清清楚楚。"

亚里沙瞪大眼睛看着森,试图相信这番话。她是想相信的。

颤抖的嘴唇动了:"真的吗?"仿佛抓住了救命稻草。

开弓没有回头箭:"当然。"一字千钧。

本间敦志长眠于墓碑之下。武内一日不落网,这个谎言就一日不会被戳穿。

一个念头涌上心头。

逃下去。到死都别出现在这个孩子面前。

森凝视着亚里沙的眼睛,暂时抛下了刑警的职责。

7

当晚，霞光公寓102室的电话一直没响。

二班的刑警们大失所望，毕竟大家都觉得今晚最有希望。看来武内知道时效暂停过——尽管没人明说，但这个念头分明写在了每个人的脸上。

凌晨3点半，森和宫岛一起撤回104室。

"妈的，那小子还真知道啊！"宫岛一边收拾，一边咒骂。

森轻轻点头，脱下外套。他知道自己已经没法再和二班的人同仇敌忾了，心中隐隐内疚。逃下去——动过这种心思的刑警，在这间公寓绝无容身之地。

宫岛刷着牙问道："话说小沙信了？"

解衬衫纽扣的手停顿片刻。他跟植草主任汇报了谎报血型一事，让主任跟雪绘打声招呼，对好口径。天知道亚里沙会不会找母亲问同样的问题。

"看着像是信了。"

"也真难为你了。"

"是啊，有种当爹的感觉。"

"据说本间太太也很感激你呢。"

"是吗？"

"不过话说回来，她今晚气色好多了，一副精神抖擞的样子。"

"嗯。"

"我看她大概是觉得我们抓不住那小子了。算了，无论如何，就只剩六天了。"

没错。零点已过，"第二时效"仅剩六天。然而……

"宫岛啊。"

"嗯？"

"你有没有听说，武内除了中国台湾，还去过别的地方？"

"怎么莫名其妙问起这个了？怎么可能啊？这块儿可是我负责调查的。"

"你查的？"

"对啊，所以绝对错不了。他只有去中国台湾的出境记录，不多不少待了七天。"

森歪头沉思起来。

既然如此，那楠见的那句话到底是什么意思？

如果七天完不了呢？

听口气，像是第八天之后还有戏。换言之，还有"第三时效"。所以森心想，可能武内除了中国台湾还去过别的地方，可直接调查过此事的宫岛一口咬定不可能。

除了出境，还有什么方法暂停武内利晴的时效呢？

全无头绪。假如他有共犯，而且共犯已经被起诉了，武内的时效也会随之停止。可本案并没有共犯，那就意味着"第二时效"仍是无可撼动的最后期限。

如果七天完不了……森再次反刍楠见的话。

楠见并未提及"时效"二字。莫非他指的不是时效，而是别的？

秋子？森忽然想到。在那个房间里，他和楠见只聊过两个话题——案子和秋子。如果楠见指的不是案子，那就必然是秋子。

只可能是那样。可秋子和楠见的那句话又有什么联系？

越想不通，就越焦虑。白天的对话让森意识到，楠见瞧不起女人。他鄙视女人，厌恶女人。这种情绪根深蒂固，凶猛激烈，用"憎恶"来概括都不为过。森都不是他的直属部下，他却侵犯了森的个人隐私，还骂秋子是妓女，企图拆散他们。难道楠见这还不算完，他还想搞点儿什么动作，彻底打垮秋子？

"话说……"森垂眼望向钻进被窝的宫岛，"楠见那家伙到底是个什么样的人啊？"

"你可饶了我吧，想想都反胃。"宫岛瞪着天花板回答。

"你跟我说说，他为什么那么恨女人？因为亲妈不要他？"

"人家出身好着呢。爹妈都是学校里的老师。"

"那是年轻时被坏女人坑过？"

"我哪知道啊？"

"总有原因吧？不然怎么会变成那样呢？"

宫岛枕着交叉的双手，瞄了森一眼："你什么时候变成电视评论员了？"

"啊？"

"又不是非得有什么理由。干咱们这行的,不是经常碰到这种情况吗?爹妈都是正经人,从小衣食无忧,一帆风顺,老婆漂亮,孩子可爱,可交代起杀人碎尸的细节却是面不改色心不跳,就好像他只是解剖了一只青蛙似的。"

森恍然大悟。

宫岛盯着天花板,继续说道:"硬要找理由,那总归是能找到的。可嚷嚷那都是家庭、学校和社会的错又有什么用呢?有些人就是没法改邪归正啊。楠见也一样。咱们单位有三千来号人呢,算概率,出一两个他那样的也不足为奇。"

8

时光无情。人们被它追逐,被它超越。它将原地不动的人甩在身后,将一切化作无法改写的过去。

时间即将再次主宰霞光公寓102室。晚上9点刚过,离"第二时效",即真正的时效届满,已不到三个小时了。

起居室里坐着本间母女与五名刑警。亚里沙在看综艺节目,雪绘也面朝屏幕,因为电视旁边摆着座钟。

二班的所有人一言不发。植草主任用耳机听着无线电通话。边上的两个弟兄抱着胳膊,闭目养神,其间时不时稍稍睁眼,看看座钟和桌上的电话。

森坐在墙边的老地方，无所事事。

抓不到武内也好。他的想法并没有改变，内疚感淡了许多。因为他觉得，无论他怎么想，桌上的电话都不会在午夜零点前响起。

武内利晴早就知道时效暂停过七天，这已成房中所有人的共识。

数百名怀揣武内照片的警察蹲守在全县各处。便衣警车尽数出动，紧盯人行道和电话亭。但要不了多久，兴师动众的搜捕行动便会落下帷幕。

"睡吧。"11点过后，雪绘对亚里沙如此说道。亚里沙乖乖听话，她向森抛了个蹩脚的媚眼，迈着轻快的步伐回房去了。

时效届满，却没有丝毫不甘。对森而言，这是一种前所未有的体验。坐在旁边的宫岛肯定也有同感。他虽是二班的成员，但毕竟盯了雪绘整整三周。武内一旦落网，被害者母女就会受到更多的伤害，走投无路。所以这起案件没能激起他们的猎犬本能。

时效届满的一刻即将来临。

11点55分……56分……

"第三时效"这四个字，浮现在森脑海的角落。楠见却不见人影。果然是他想多了。分针逐渐靠近"12"的刻度，太平无事。

58分……59分……

午夜零点——的哥被害案时效届满。这一次，千真万确。

紧绷的空气瞬间变得慵懒，植草拔出无线耳机。

"结束了。"语气感慨万千。

雪绘并无变化，垂眼凝视着桌面。就在这时，她忽然抬起双眼，因为玄关处有开门声传来。

森瞠目结舌，竟是楠见。只见他身披肃杀之气步入起居室，环视四周。这还是他第一次踏足此地。

楠见瞥了森一眼，森也瞪了回去。微电流似的东西闪过二人之间。

植草站了起来，他脸上分明写着"现在跑来凑什么热闹"，语气倒是毕恭毕敬："班长，任务结束了，我们正要撤退。"

"继续。"楠见言简意赅。

在场的所有人目瞪口呆。继续侦查——

"为什么？"开口的竟是雪绘，"时效不是过了吗？为什么还要……？"

楠见黯淡无光的眼眸转向雪绘："我起诉了疑犯。"

森蒙了。他起诉了武内利晴……？

雪绘的大眼睛眨了又眨。

"我不明白，您到底是什么意思？警方不是没抓到他吗？"

"不逮捕也能起诉。一审定在六天后开庭，只要在那之前抓到人就行。"

啊……森轻喊一声。跳过逮捕的环节，直接起诉武内。这就是"第三时效"的真相！

在法律层面确实可行。时效的全称是公诉时效，即向法院提起诉讼的截止日期。警方必须在该日期前锁定疑犯，提起公诉。换句话说，只要锁定了嫌疑人，就可以直接提起公诉，而不必走逮捕这个步骤。

楠见就用了这招儿。一审定在了六天后。他打算在"第三时效"结束之前揪出武内，把他拽上法庭。堪称超C[1]难度的绝技。不，难度系数直逼E。

然而，从没有人用过这样的狠招儿。起诉一个下落不明的嫌犯在法律层面确实可行，但在实践中几乎不可能实现。因为向法院起诉嫌疑人是检察官的职责。你必须先说服检察官，让他同意你的计划。就算检察官答应了，法院的法官会轻易受理吗？虽然法院无权拒绝受理，但"冻结时效"的奇招儿终究闻所未闻。更何况，哪个法官会冒着风险帮一个刑警实现这般异想天开的——

森顿时面无血色。

原来是这样。法官出手帮了楠见。

楠见布置给森的第一项任务，正是打探F地方法院的法官常去哪里。他根据森的汇报接触了法官，建立了人脉，提前疏通了一番。

不……楠见手里八成有法官的把柄。

森用余光打量楠见。他正坐在窗边，仔细聆听无线电通信。

---

[1] 日本体育界术语，始于1968年的奥运会体操队。当时体操动作的难度系数以A-C区分，A最容易。日本队则称自己的策略是"超C"，意为突破极限。

凉意爬上背脊。

被这样一个人盯上，武内绝无脱逃的可能。森已是确信无疑。

武内早就知道出境会导致时效暂停。所以"第一时效"过后，他并未联系雪绘。但他绝不可能识破楠见"第三时效"的骇人陷阱。真正的时效，即"第二时效"已然届满。这一回，武内十有八九会采取行动。他只要在一审前的六天里稍一冒头，便是万劫不复。电话追踪装置都还开着，桌上的电话响起的时刻，便是武内的死期。

二班所有人都浑身僵硬。

雪绘大惑不解，用心神不宁的目光逐一观察每个人的神色。脸上写满了焦虑。"第一时效"过后的安心之色早已荡然无存。

"我都快看不下去了……"宫岛在森的耳边低语道。恰在此时——

电话响了。

雪绘身子一抖，挺起后背。

楠见点了根烟，抬头道："接。"

寒气般的声音回荡在房中。主宰此地的已不再是时间，而是楠见。

9

雪绘用僵硬的手拿起听筒。

森听着耳机的一头,宫岛紧挨着另一头。

数秒的空白后,男人战战兢兢的声音传来:"喂……是我,武内——"

"别说话!"

"啊……?"

"家里有警察!"

房中的气氛瞬间紧绷。

"啊?可时效不是已经——"

"别再打来了!"雪绘突然撂下听筒。

她的心思昭然若揭。考虑到亚里沙,她也不希望武内被捕。所以她想放跑武内。她告诉武内家里有警察,没说几句就挂了电话。

然而,一切都是徒劳。技术早已今非昔比,警方追踪到了武内的位置。

电话来自本县,F市南幸町四丁目,儿童公园前的电话亭。

"机搜队的便衣警车到了。"楠见淡然道。他戴着耳机,就是植草之前用的无线电,漆黑无光的眼眸死死盯着雪绘:"第五辆车到了。正在周边搜索。"

雪绘垂下的双肩瑟瑟发抖。

"好像找到了。"

雪绘猛然抬头。

"在追……"

楠见拒绝与在场的刑警们沟通。他的频道,只对雪绘一人开启。

"围住了。"

雪绘双手掩面。

楠见注视着她。

他在观察她。

不。分明是在折磨她。

冷血动物——脑海中刚冒出这个词,森就攥紧了拳头,愤怒自心底油然而生。

楠见的"实况转播"继续着。

"他没反抗……也是,他还当时效已经过了。"

雪绘呜咽起来。

"嗯?好像逃了,也许是觉得不对劲吧。"

"够了!"森低声说道。

楠见面不改色。除了向雪绘开放的频道,其他频道仍处于关闭状态。

"推开了个穿制服的……蠢货,这下又多了条妨碍公务。"

"别说了。"

"抓住了。"

"楠见班长——"

"他哭了。"

"都让你别说了!"森站了起来。

"他又想逃,挨了警棍。"

"别打了!"喊声出自雪绘。

"别打了!矮瓜武——武内是无辜的,放他走吧!"

什么……?森顿觉大脑空转。

所有人的视线都牢牢锁定在雪绘身上。在场的都是重案组的刑警,每个人都产生了同样的预感。

快招了。

不,不可能。森试图抹去这种预感。

雪绘双手撑地:"对不起……是我……人是我杀的……"

空气瞬间凝固。

"是我杀的……矮瓜武是替我逃了这么多年……"

森颓然瘫坐,全身无力。

雪绘才是真凶。原来是这样……七天前的那一幕浮现在眼前。午夜零点刚过,雪绘便长吁一口气,因为那正是时效届满的时刻。雪绘从未出过国,因此,那天的"第一时效"就是真正的时效。而这一点,唯有真凶雪绘知晓。

森看着雪绘,只觉得后怕。

雪绘已是泪流满面。

这不过是"述怀",而非"认罪"。雪绘早已站在了司法之手难以触及的安全地带。

刹那间,楠见开通了与森的沟通频道。这就是女人——他的眼睛如是说。

"说。"楠见命令雪绘。

众人茫然若失,雪绘徐徐道来:"……我和武内是老同学,小时候经常一起玩。大伙儿老拿他开玩笑,但我很喜欢他,因为他对我言听计从。上高中的时候,我们还谈过一阵子……"

森顶着恍惚的脑袋,默默听着。

据说雪绘第一次堕的就是武内的孩子。两人的关系因此变得尴尬,最终渐行渐远。结婚后,他们在一次同学会上重逢。雪绘找他帮忙装空调,从那一刻起,她就起了一丝勾引武内的念头。她和丈夫本间并不恩爱,色情片也是雪绘提前插进录像机的。正如她所希望的那样,武内禁不住诱惑,扑向了自己。

"我也没多想,不过是想重温旧梦,再跟他温存一下……"

没想到,开夜班车的本间突然回来了。本间与武内扭打起来。武内抓起了水果刀,却被本间一棍子打脱了手。"去死吧!"本间大吼一声,抡起球棒。就在这时,雪绘将水果刀刺入了本间的后背。

"我是下意识的,真的……眼看着武内就要被打死了……"

两人对着本间的尸体,不知所措。他们也想过把一切伪装成入室抢劫,但问题是,印有"武内电器"的轻型卡车在雪绘租住的房子门口停了很久,肯定有很多人看见。"就说是我干的。"

武内如此提议。他还说，他一直都惦记着雪绘，为当年害她堕胎而内疚。最关键的是，雪绘是为了救他才杀了本间。

"那你赶紧逃，逃得远远的，直到时效过去。"雪绘哀求道。她不想进监狱，但也不想让武内蹲大牢。只要逃到时效届满，他们就都不会被问罪了。当时，他们觉得这就是唯一的出路。武内答应了，而且说到做到。他抛弃了父母和家业，顶着杀人犯的污名，开启了漫长的逃亡生涯。

雪绘似乎讲完了。

楠见从胸前的口袋里掏出一个小型录音机，放在桌上。红灯亮着，他录下了雪绘说的每一个字。

"为什么……？"

雪绘瞠目结舌。

楠见十指交叉："你恨你丈夫吧？"

"……倒也算不上恨。只是……在一起的时间久了，就会知道他当我是个女人，还是个东西……"

楠见的视线游走片刻，但也仅仅是片刻而已。他松开手，按下停止键。

楠见盯着雪绘："被起诉的不是武内利晴。"

"啊……？"

"我刚才应该是这么说的——我起诉了疑犯。"

恐惧令雪绘花容失色。

楠见继续说道："手续是第一时效前办的。你涉嫌故意杀人罪，将接受法庭的审判。"

战栗横扫102室。

"惊愕"之类的字眼已没有了用武之地。楠见的深谋远虑，只能用"邪恶"来形容。这样的"万一"，任谁都料想不到。

雪绘俯身痛哭。

森有种置身梦境的错觉。

但这就是现实。

楠见从一开始就瞄准了雪绘。每一步都是为了拿下雪绘精心设计的。本案有公认的凶手，警方早已发布通缉令。武内这个"凶手"不落网，雪绘就能把罪责统统推到他身上，对她穷追猛打也毫无意义。武内不在和死人不会说话是一回事。因此楠见没有正面进攻，而是周密部署，利用时效，对雪绘设下了重重陷阱。

难怪他需要法官的把柄。森终于明白了楠见派他调查法官的真正原因。照理说，受理起诉的法院必须迅速将起诉书的副本送达被告手中。为了不让雪绘意识到自己被起诉了，楠见要挟法官，拖延了交送起诉书的时间。

"冷血动物……"一旁的宫岛嘀咕道。

森点了点头。

但他不懂。楠见是怎么盯上雪绘的？

十五年前案发时，他还在公安部门。虽说被牵扯进了三年前的泄密骚动，但当时负责这间公寓的是村濑麾下的三班，楠见本人并没有参与侦查。

这一回，上头派楠见负责此案，但他此前从未见过雪绘。然而，早在他命令森打探法官的行踪时，他恐怕就已经认准了雪绘。

森甚至有一败涂地之感。

他凝视着楠见的侧脸。楠见听着无线电，关闭了所有沟通频道，连在一旁哭成泪人的雪绘，似乎都被赶出了他的意识。

森站了起来，深吸一口气，对楠见说道："你这是旁门左道。"

他倒不是同情雪绘。其实在真相大白的那一刻，他对雪绘的种种谎言生出的憎恶怕是比对楠见更甚。

亚里沙不仅失去了父亲，还失去了母亲。

森走向玄关，望向里屋的推拉门，祈祷那刻有父辈爱恨情仇的丰满耳垂，没有紧贴在推拉门后。

10

五天后。森沿县道一路向东开去。

他要去进藤秋子家，再次向她求婚。

楠见的话语在耳边响起。

这会儿正忙着盘算要把自己卖给谁呢。

"混账东西，那不是理所当然的吗？"森脱口而出。

是个人都想抓住幸福。让她选就是了，丈夫、房产中介和我，三选一。

我是不会输的。我会给她一个好归宿，给她一个温馨舒适的小窝。倾注我所有的金钱、蜜语与真心。

森感觉到，宛若强大恶魔的楠见在他心目中的形象正在逐渐改变。

在一起的时间久了，就会知道他当我是个女人，还是个东西……

雪绘说出这句话时，楠见的眼神一度游走。因为他想不通，他无法理解，那怎么会成为她捅死丈夫的动机。

森也想通了楠见盯上雪绘的理由。

在三年前的泄密骚动期间，楠见就起了疑心。搜查一课的刑警都认定是楠见干的好事，但事实并非如此。楠见并没有泄密。换言之，只有楠见知道自己不是泄密者，所以也只有他注意到了被所有刑警忽略的"盲点"。

向报社泄密的正是雪绘本人。

逃了这么多年，我实在是累了。我想去看看你们——武内很可能在电话中吐露了这样的心声。

武内的怯懦令雪绘心惊胆战。武内一旦出现在她附近，被捕的可能性就会直线上升。他扛得住严苛的审讯吗？他会不会老实交代，雪绘才是真凶？于是，雪绘将警方和媒体用作了防护墙。

为了防止武内接近自己,她公布了嫌犯来电一事。

楠见并不会魔法。

再有抽调命令下来,去二班支援也不赖。到时候,再跟楠见堂堂正正干一场。总有一天,我要将他踩在脚下——

森把车停在公寓跟前。

骑着小自行车的孝一正要出发。爱撒娇的小毛孩一个。

见来人是森,孝一便如离弦之箭一般冲了过来,用神似毛栗子的脑袋狠狠顶他,就跟玩相扑似的。森一把抓住他的头,掰起他的脸。小脸蛋早已羞得通红。

"妈妈在家吗?"

"在呀。"厨房的小窗探出一张瓜子脸,似是面带微笑。

森把孝一抱上肩头,迈开步子。孝一兴奋得直嚷嚷,耳垂拂过森的脸颊。

"孝一啊……"

"嗯?"

"想不想有个上初中的姐姐?"

"想!"

"哦……"

求婚的宣言浮现在脑海中。

慢慢来吧。哪怕一开始只是抱团取暖,难免有磕磕绊绊,我们也可以慢慢成为一家人。

囚徒困境

1

车外雪花纷飞。

黑色搜查指挥车驶离T警署,踏上归途。田畑昭信闭目坐在后排,身子随车摇摆。他全身乏力,太阳穴隐隐作痛。他升任F县警本部搜查一课课长已有两年,但同时侦查三起凶杀案还是头一遭。

本月3日,一名家庭主妇遇害。

两天后,一名证券经纪人被烧死。

而在三天前的情人节,又死了个厨师。

主妇的案子已有眉目。警方在五天前逮捕了某公司职员,但与圆满破案还相去甚远。因为嫌疑人挂川守拒不认罪。他不老实交代,就无法提起公诉。

田畑长叹一声。案件的搜查本部分别设置在不同的片区警署,来回跑确实累人,但他不以为意。如何掌控下属才是真正困扰他的问题。身为搜查一课的一把手,前线指挥就是他最重要的职责,他却在这方面碰了一鼻子的灰,这大大加剧了太阳穴的疼痛。本部搜查一课派往片区警署的重案组刑警们都不是省油的灯。一班的朽木，二班的楠见，三班的村濑。他们为课内的霸权斗得昏天黑地，时常无视田畑的指示，独断专行。

回到位于F市内的宿舍时，已过了深夜11点。搜一课长的工作并不会因为回家而画上句号。还没来得及换身衣服，"巡夜"的记者们便找上了门。朝日、每日、读卖、产经、东洋……好不容易打发走一拨，正要吃两口凉透了的夜宵，门铃就又响了。不用说，肯定是第二拨巡夜的来了。截稿时间较晚的本地报纸和区域性报纸的记者即将陆续登门。

打开玄关的推拉门一看，只见《F日报》的小宫心神不宁地站在门口。

"应该快破了吧？"一上来就给他下套。

"你问哪个案子？"田畑从容反问。

即便如此，小宫仍试图将他拖入自己的节奏，以快得过分的语速继续问道："厨师的案子啦。是他老婆干的吧？"

"是吗？"

"您可别打太极啊，人不是都带回去了吗？"

"话总是要问的啊，毕竟是最了解被害者的人。"

"问个话能搞到这么晚？"

"还没放人？"

小宫轻声咂嘴："装傻充愣就免了吧。我10点之后开车去她家那儿转了转，家里灯都没开。"

"那肯定是人家累坏了，歇得早。我们早就放人了。"

小宫盯着田畑的眼睛，拼命辨别真假。他留着眼神中的试探，压低声音问道："不会吧？"

"不会什么？"

"《警方对厨师之妻发布逮捕令》——明天的某家早报上不会有这样的大标题吧？"

所以小宫这人老是栽跟头。他的走访总是流于表面，无法深入。他入行已有五年，都开始带徒弟了，却仍止步于警察组织的门口，一步都迈不进去。满脑子都是不能被别家抢了先，却不积极争取独家新闻。

"课长向来实话实说，我应该可以放心吧？"

小宫神情中的谄媚，让田畑生出了些许同情。他深知与记者打交道的秘诀就是既不否认也不承认，可要是就这么把人打发走，小宫今晚怕是睡不着了。

"人家抢不抢跑，我可管不着。"

田畑是在拐弯抹角地暗示他，不会有独家新闻见报。小宫露出如释重负的表情，点了点头。但他没有道谢，反而得寸进尺道："那主妇的案子呢？挂川还没招吗？"

别太贪心。话都到嘴边了，一串脚步声从昏暗的小巷传来，仿佛是在为田畑的烦躁代言。

"后头有人等着呢。"

瘦长的身影渐入视野。来人姓真木，是《东日新闻》的一课组长。也就是说，他们报社负责一课案件的记者都归他管。

两人分属不同的报社，照理说小宫无须听命于真木，但他还是简单撂下一句"再见"便迅速离开了，许是因为两人身为记者的实力悬殊。

见真木现身，就算是田畑都不由得紧张起来。此人不仅擅长采访案件，对搜查一课的内部情况也是了如指掌，比某些稀里糊涂的一课成员都强。

"话说下个月的定期调动，会动一班的朽木班长吗？"上来就聊人事问题，很符合真木的行事风格。

"我没这个打算。当然，人事安排也不是我说了算的。"

"朽木班长都五年没动过了，还没有过连当六年班长的先例吧？"

"话是这么说，可现在调走朽木，重案组就要瘫了。"田畑慎重地斟酌词句。因为他考虑到，自己的回答很有可能传进朽木的耳朵。他早就发现，真木对一班格外关注。

"可留下他不会耽误他升警视吗？倒不妨趁这个机会调他去片区当刑事官[1]，毕竟他迟早是要当搜一课长的。"

朽木真想坐这把椅子吗？田畑产生了如此反问的冲动。朽木在一课的存在感已然强得过头了。说实话，田畑也想调他走。可一想到调走朽木之后留下的大坑，他的心头就会蒙上焦虑的阴霾。

1　片区警署的刑事官的职级就是警视。

真木继续问道:"您就没想过调走朽木班长,提拔二班的楠见班长去管一班?"

"提拔楠见?"

"他确实是个冷血动物,但办案能力毫不逊色于朽木班长,不是吗?"

"哪有这么简单?我们课的一班不是什么普普通通的队伍。别人不懂,你还能不懂吗?"

"一班确实是刑事部的心头肉。简而言之,不能让公安出身的楠见班长当一班的一把手,是吧?"

沉默即是默认。田畑急忙含糊其词:"这个嘛……"毕竟楠见也有可能听到风声。

"三班的村濑班长呢?虽说性子野了些,但他的直觉可太神了。"

出于同样的理由,田畑又小声回了句:"这个嘛……"

真木似是看穿了他的心思,轻笑一声:"搜一课长真不好当啊。下属不中用吧,案子就破不了,可太能干吧,也叫人头疼。"

田畑竭力保持面不改色。

真木所言不假。有时候,他也想尽情调兵遣将,而不必看下属的脸色。作为一课的课长,他完全可以从全县各地召集一批老老实实听命于自己的刑警,填入重案组的三支团队。可他不敢。因为案子破不了,背锅的就必然是他这个课长。

羞愧油然而生。这说明随着年龄的增长，他变得越发趋于防守了。他原来可不是这样的，他也有过不计得失、埋头猛冲的日子。如今新录用的警察大多有大学文凭，但田畑刚入职的时候，大学生还很稀罕，常被同事戏称为"大学士"。当时进入警界的大学生往往会进入行政管理部门或交管部门，干些稳定却也索然无味的差事，平步青云。田畑却受不了这样的日子。他一咬牙一跺脚，进修了刑事课程，一头栽进刑警的世界。他为了破案废寝忘食，牺牲了家庭和业余时间，誓要成为刑警中的翘楚。他也确实做出了成绩，靠自己的本事出人头地。先是当上了F县刑警梦寐以求的重案一班班长，后来又升任了搜查一课的课长，成了刑事部的二把手。然而——

朽木、楠见、村濑。田畑没有一天不在庆幸——还好我跟他们不是同辈人。他们三个是那样出类拔萃。田畑当班长的时候，破案率也不过七成多，朽木与楠见却是百发百中。村濑也毫不逊色，经手的二十二起案件已经破了二十一起，仅剩一起未破。三人性格迥异，侦查手法也截然不同，唯一的共同点就是几乎与罪犯同化的"体味"。人们常把寻常刑警和"执着""工匠气质""专业精神"这样的词语联系在一起，而他们三个共通的关键词怕是触目惊心得多。"激情""诅咒""怨恨"……田畑有时会想，我是靠案子吃饭，他们却是拿案子当饭吃，也许区别就在于此。

无论如何，田畑虽然品尝不到身为指挥官的成就感，却在组织内部掌握了巨大的话语权。只要他带领这支"常胜军团"安安稳稳走下去，非特考组的最高职位——刑事部长便是唾手可得。

"听说那厨师背着一份大额保单。"

田畑被打了个措手不及，差点儿就点了头。与刚走的小宫一样，真木似乎也瞄准了厨师的案子。

遇害的厨师名叫永井克也，四十五岁，家住M市。人们在河流的淤水处发现了他的尸体。死因是溺水，但肺部积水中并没有发现浮游生物或藻类，且尸体后颈处有皮下出血与表皮剥落的痕迹。这说明他是先淹死在自来水中，然后才被扔进了河里。头号嫌疑人自是永井的妻子贵代美。正如真木所说，永井投了一份大额人寿保险，保额超过一亿日元。

"我倒没听说。"田畑正色道。

真木又是一声轻笑："派二班查这个案子确实明智。"

"此话怎讲？"

"因为楠见班长对女性格外心狠手辣，他该不会已经拿下永井贵代美了吧？"

"你可别忘了，现阶段她还只是一个痛失丈夫的受害者。"

"那可是一个亿啊，当杀人动机还不是绰绰有余？"

见真木连金额都知道得一清二楚，田畑也不得不透露实情："保险是七年前买的，而且还是永井本人主动提的。"

"听说永井贵代美玩得挺花啊。"

双方以目光互探虚实。

"……是吗？"

"我打探到她沉迷约会网站。"

看来他的采访已相当深入。

言外之意，贵代美在外面找了个情夫，情夫盯上了永井克也的保险，于是就一不做二不休……这与搜查一课的推论不谋而合。

片刻的沉默。

田畑盯着真木的眼睛说道："你要写？"

真木笑意满面："暂时不会，但时报的人好像也打探到了保险的事。如果那边有动静，我们也不能落后。"

一张发型神似刺猬的面孔浮现在田畑的脑海中。《县民时报》的目黑，做事毫无原则。半年前，本县发生了一起连环纵火案。当时警方已锁定了在便利店上班的嫌疑人，准备放长线钓大鱼，谁知目黑在时报上抢先公布了嫌疑人的信息，以致打草惊蛇，吓跑了嫌疑人。后来那嫌疑人许是自觉无法逃脱，便从公寓楼顶一跃而下，一命呜呼。自那时起，"死也不让时报抢到独家"便成了尾关刑事部长的口头禅。

不，时报的目黑又岂是特例？每个记者都只为自己考虑，只站在自己的立场上写文章。他们无时无刻不在追逐独家新闻，想方设法讨好警方。可警方一旦陷入困境，他们又会落井下石，口诛笔伐。前一阵子的抢劫杀人案就是最好的例证。见被告当庭喊冤，声称自己有不在场证明，那群记者便得意忘形。

"伴内警官也没几天了吧？"

"啊？"话题换得突兀，田畑一时间反应不及。

"三班的伴内主任呀。他下个月就要退休了吧？"

"哦……嗯，也就这几天了。"

伴内是三班的老资格审讯员，当年就是他为田畑打下了侦查与审讯的基本功。

"不过伴内警官的运气也着实差了些。眼下这三起案子里，就数三班手上的证券经纪人被害案进度最慢。"

"那可不好说，兴许他们才是最接近破案的。"

"但愿吧。兢兢业业干了四十年，却得背着一起没破的案子退休，那也太遗憾了。"

"嗯……"

"那么有人情味、经历过那么多风风雨雨的刑警怕是再也找不见了。真希望他能高高兴兴地退休。"真木此刻的语气和表情，和他的记者身份相去甚远，仿佛他就是为了说这些才专程前来。

2

次日下午，田畑坐上搜查指挥车，前往三处搜查本部巡视。

最先去的是负责主妇被害案的S警署。其实他本想先去M警署看看厨师被害案的进展。因为正如真木所说，只要二班的楠见出马，兴许永井贵代美今天就会招供。问题是，车刚开出县警本部，就有三辆采访车跟了上来。如果他一上来就去M警署，怕是会让那群记者遐想联翩，激得他们抢先发文。

田畑坐在后排，翻阅主妇被害案的相关资料。那是一班的田中主任整理上交的侦查报告。

本月4日清晨，有人在山野边墓园的垃圾站发现了坂田留美的尸体。死者家住本市，二十八岁。根据墓园管理员的证词，可推测出抛尸时间为前一天晚上7点以后。警方逮捕了同样家住本市的公司职员挂川守（三十四岁），但后续审讯陷入僵局，也没能发现确凿的物证。

从案发到逮捕，每个环节都异常顺利。通往墓园的县道配有N系统（车牌自动辨识系统），帮助警方迅速锁定了挂川。傍晚过后的往来车辆中，只有一辆车的车牌以"wa"开头，一看就是租来的，立刻引起了警方的关注。而当天租借那辆车的正是挂川。挂川自己没车，对N系统一无所知。

警方请租车公司主动交出那辆车配合调查。通过对车内角角落落的仔细勘验，警方在副驾驶座下方找到了坂田留美的毛发，于是火速申请了针对挂川的逮捕令。挂川是某食品公司的会计，家住县营新村的公租房。妻子也在外面上班，女儿刚上托儿所。此人爱赌自行车赛，却是个妻管严，只得想方设法从有限的零花钱里挤出"经费"，就是个随处可见的工薪族。

而被害者坂田留美和丈夫、公婆住在一起。丈夫以制作木雕人偶为业，自己家就是作坊。不难想象，全职主妇的日子让她喘不过气。家人异口同声称，她经常找借口外出。

万万没想到，挂川拒不认罪。"我都没见过她""我那天就是开车出去散散心""那又不是我第一次租车"……

所有人都认定，那不过是毫无意义的挣扎。头发都找到了，再加上一班的审讯专家田中经验老到，挂川怕是撑不过半天——田畑向部长如此汇报。

谁知挂川愣是不招。他被捕至今已有六日，警方却仍未撬开他的嘴。律师也给他支了招儿，一被问及案发当天的细节，挂川便会撂下一句"我要行使缄默权"，闭口不答。

审讯员田中认为，挂川的嘴硬建立在他与坂田留美没有交集这一点上。

这的确是难以突破的瓶颈。在办案过程中，警方始终没有发现两人之间的联系。现如今，男女之间的那点儿事基本都能通过调取手机通话记录看出端倪。然而，坂田留美的丈夫因循守旧，不让她买手机。警方查了挂川近几个月的通话记录，发现他也没给留美家打过电话。

这也难怪。挂川出轨过公司的女同事，险些离婚。打那以后，妻子每个月都会向运营商申请挂川的手机通话记录，逐一核查。鉴于坂田留美家的壁橱中有大量的成人向女性漫画，而且电话交友平台的广告页面还被折角做了记号，两人极有可能借助公用电话暗通款曲。问题在于，核实此事难于登天。由于妻子严防死守，再加上坂田留美没敢开口求丈夫买手机，审讯室中的挂川自信满满，坚称"我压根儿就不认识她"。

S警署的办公楼已近在眼前。田畑合上文件夹。

主妇被害案的搜查本部设在警署的会议室。一班之首朽木独自端坐其中。除了审讯员田中，一班的其余八人尽数出动，与片区的刑警走访调查去了。与朽木共处一室，让田畑很不自在。因为朽木的举手投足让人丝毫感觉不出与上司打交道时应有的谦虚或紧张。

田畑让朽木坐沙发上。

朽木默默坐下。田畑很难从他脸上读出案子是否有进展。他的眼神犀利而灵动，整张脸给人留下的印象却分外苍白，总是近乎面无表情。细细想来，田畑甚至不曾见过朽木的笑容。

"有动静吗？"田畑问道。

朽木点头道："查到挂川借了百来万高利贷。"

"什么时候借的？"

"上个月27日。"

案发一周前……

"借来做什么用？"

"他对此保持缄默。"

"看来是用在了见不得光的地方。"

"十有八九。"

"他跟坂田留美的交集呢？有没有查到什么？"

"没有。弟兄们会继续拿着他们的照片走访酒店和车站周边。"

派人前往山野边车站走访调查，是因为警方搜集到了一条目击证词。上个月下旬，目击者在车站检票口附近看见了貌似在等人的挂川。目击者是一名家庭主妇，与挂川住同一个新村。目击者称"当时挂川先生拿着一份卷起来的体育报"，其中"卷起来的体育报"引起了警方的注意。因为通过电话交友平台勾搭上的两人初次约见时，必然需要某种"接头暗号"。

类似的情报不止一条。上个月中旬，有人看到一名男子手持卷起来的体育报，与一名长发女子走在检票口附近。坂田留美就留着长发。搜查本部士气大振，立即拿留美的照片给目击到那两人的工人辨认。可惜工人表示"除了一头长发，别的都不记得了"。警方还安排他见了见挂川，却只换来了模棱两可的证词："有点儿像，但感觉不是他。"只怪工人的眼睛和大脑被卷起的体育报牢牢吸引，一心只想辨认出若隐若现的大标题。

无论如何，这两份目击证词足以说明挂川与留美中的一方极有可能与不止一名异性有过交集。原因显而易见：如果上个月中旬被撞见的那对男女是挂川和留美，那么下旬站在检票口等留美的挂川就用不着再拿"接头暗号"了。

田畑换了个话题："挂川表现如何？"

"跟案子无关的问题还是会答上两句。"

"听说他的律师狂得很，连车上的毛发都不认，说什么'那辆车是拿来租的，天知道头发是什么时候掉的，就不可能是之前租那辆车的人带坂田留美兜风的时候掉的吗'。"

"随他说去。"

"嗯，但保险起见，还是排除一下案发前租过那辆车的人为好。"

"在查了。"

"啊？"

"我们整理出了近三个月租过车的人的清单，正在逐一排查。"

田畑又有些不自在了，用夸张的动作抱起胳膊。

"说什么都得拿下挂川。拘留期到这周末为止，你打算什么时候动手？延长拘留期限之前还是之后？"

"急什么？"朽木淡然道。

"也是。不过要怎么拿下他呢？最好提前想好，万一查不到他跟坂田留美的交集该怎么办。"田畑此话一出，朽木眼中生出一缕黯淡的光。

"是罪犯就迟早会认，很快就会有结果了。我们正在扒他日常生活的每个细节。"

"哦，倒是个好主意。"每一句客气的说词，都扎在田畑自己的耳膜上。他勉强守住了"领导"的颜面，但细究内容，倒更像是他在请示朽木。

也并非素来如此。两年前刚升任搜一课长时，田畑还会积极主动地发号施令。奈何朽木总是左耳进右耳出，我行我素。只要他栽一次跟头，我就立刻撤了他的职！田畑暗下决心，监视朽木的一举一动，却始终没有等到机会。不知不觉中，他甚至都不敢用强硬的态度跟朽木说话了。

田畑也曾试图改造一班，将二班的审讯员岛津调了过去。岛津是他在片区时的老部下，能力过硬，忠心耿耿。然而，岛津辜负了他的期望，不堪一班的重压，自掘坟墓。万万没想到，岛津竟被自己审讯的嫌疑人笼络，出尽洋相，最后灰溜溜地离开了县警。就是那起被告当庭翻供，声称自己有不在场证明，导致警方被媒体围攻的抢劫杀人案。田畑并不同情岛津，只觉得被人抹了黑。他诅咒岛津的软弱，也从未揣度过岛津的内心世界。

然而——

现在回想起来，也许只能怪岛津太像个人了。

如今的F县警重案组确实强大，是公认的史上最强阵容。可办公室里没有笑声，没有欢乐，不见老派刑警必备的从容与幽默，唯有紧绷的空气。战胜案件，战胜别班，战胜同事。竞争，战斗，将对手打得体无完肤，那就是一群为此而活的战斗机器。在战斗中稍有踌躇，就会被扫地出门，被打上"不是真汉子"的烙印，惨遭排斥。普通人的神经绝对无法招架。对岛津而言，这样的环境实在是太严苛了。不，对"三大恶鬼"的顶头上司田畑来说，也没有什么两样。

田畑脑海中忽然浮现出伴内的面容。

伴内是三班的审讯员，即将退休。他干了一辈子的刑侦，久经沙场，刻在古铜色面皮上的无数皱纹就是最好的证据。不过有时候，那些皱纹又有几分笑纹的味道。

拿不定主意的时候啊，你就多看看疑犯。

这是伴内三十年前传授给他的审讯心得。

小畑啊，每个人都有各种各样的烦恼。可是往疑犯跟前一坐，人就精神了。你想想，眼前这家伙明明杀了人，却非说不是自己干的，想要逍遥法外。岂有此理！咽得下这口气，还当哪门子的刑警啊？！

田畑起身道："去审讯室瞧瞧。"

他和朽木一起下楼，进入刑事课。审讯室共有五间，只有二号亮着红灯。他走进一号，透过伪装成画框的单面镜观察二号内的情形。

嫌犯就在眼前。

挂川守，瓜子脸帅哥，倍显薄情的薄唇一张一合。

"能外放吗？"田畑一发话，朽木便伸手按下了藏在木窗框下的开关。鲜活的对话顿时钻入耳中。

"那就继续吧。上个月31日你都干了些什么？"

"哎哟喂，问这些陈芝麻烂谷子的干什么啊？"

"我们想了解关于你的一切。"

"肉麻死了，我可不好这口。"

挂川破颜一笑。对面的田中也面露浅笑，但同时用没有笑意的眼睛盯着挂川的一举一动。

"你每周一、三、五去托儿所接孩子？"

"是啊。"

"31日就是星期一，你应该也去接孩子了吧？"

"没错啊。"

"然后呢？"

"在家陪女儿看电视。"

"看什么节目？"田中问得很细。

扒他日常生活的每个细节——朽木说的就是这么回事。

挂川还算老实，就是时不时跑个题。然而，田中刚提到2月3日这个日期，他的态度便有了变化。

"我要行使缄默权。"挂川昂然自得。

田畑顿感热血倒流。

"好吧。第二天，2月4日呢？"田中面不改色，继续提问。

"去托儿所接孩子。"

"然后呢？"

"回家陪女儿看电视。"

"什么节目？"

挂川咂嘴："美少女动画片和竞猜节目。"

"几点到几点？"

再次咂嘴："6点到8点。"

"然后呢?"

连连咂嘴:"喝了点儿烧酒就睡了。"

"2月5日呢?"

"老婆回了娘家,我就去弹子房了,玩到店里放《友谊地久天长》[1]才走。"

"哪家弹子房?"

"呃……就车站跟前那家,叫什么来着?"

"赢钱没?"

"不输不赢吧。"

"几点回的家?"

"都说了是打烊才走的,大概11点吧。"

"然后呢?"

"让我上个厕所呗。"

"问到2月10日再说。"

"太不人道了吧,当心我跟律师告状!"

"还不快说。"

"岂有此理,老子不干了!都说多少遍了,我啥也没干!别问这么没营养的问题了,赶紧去抓凶手吧。F县的警察可真没用。你们这种人啊,就是在浪费纳税人的血汗钱!"

田畑攥紧拳头。

---

[1] 日本公共设施及商业设施常会在临关门时播放这首乐曲催促客人离开。

伴内教的法子立竿见影。

岂有此理。

实力才是硬道理。他不需要搞不定嫌犯的软弱下属。办公室化作一片荒漠又如何，课长颜面扫地又怎样，总比让这种人逍遥法外好。

"朽木，务必给我拿下。"说完，田畑转身离去。

没听见朽木的回答，但田畑不以为意，快步走出审讯室。

3

屋外寒风呼啸。

田畑走后门出了办公楼，却还是被蹲守在停车场的十来个记者团团围住。

"课长，挂川招了吗？"时报的目黑当自己是一众记者的代表，率先发问。瞧那若无其事的样子，仿佛半年前的事从未发生过。难看的刺猬头将田畑的视神经刺激得分外焦躁。

"还没。"田畑简短应付了一下，钻进指挥车。"下一站是M警署吗？"记者们隔着车窗追问。

记者们的关注点不在主妇被害案上。他们真正想要的，是厨师被害案的独家新闻。反正挂川已经被逮捕了，报道他有没有招供意义不大。而妻子杀人骗保的细节仍不得而知，还处于白纸状态。若能打探到内幕,便是大功一件。

"去T警署吗?"驾驶座上的相泽转过身来问道。相泽脸颊红润,朝气蓬勃。刚进重案组的年轻刑警要先给课长当一年的司机,这是F县警的传统。

"不,去M警署。"

这里离T警署很近,不过十五分钟的车程,奈何证券经纪人被烧死一案迟迟没有眉目,厨师的案子却进展神速。永井贵代美今天又被请去了警署。二班的楠见跟往常一样杳无音讯,不过按他那独断专行的行事风格,贵代美的招认想必只是时间问题。

"课长……T警署明明在边上,就这么跳过去……记者们不会起疑吗?"相泽语气紧张。

他这一年的任务,就是学习指挥官的思维模式。田畑也让他尽管问,想到什么就说什么。

"把厨师的案子留到最后才更可疑。"

"哦,我明白了!"

"平时怎么教育你的?别动不动就说'明白了'。"

"哦……"

跟着他们的采访车变成了六辆。

途中在国道堵了一段,花了快一个小时才到M警署。当时已过了下午4点半,天色渐暗。

上楼走进搜查本部所在的刑事课,却见二班的审讯员植草坐在一群片区内勤人员之中。这令田畑颇感意外,难道永井贵代美已经审完了？

"怎么搞的？人已经放走了？"田畑开口问道。

植草一脸不爽地转向审讯室门口："班长在审呢。"

"楠见？为什么？"

"天知道。"植草怄气道。

"说清楚，到底出什么事了？"

"午休以后，我们把那几个男人叫来了。"

田畑听得云里雾里，只得把人拽去屏风后面的沙发："到底是怎么回事？"

"我们查了贵代美的手机通话记录。"

"嗯。"

"大伙儿昨晚一起熬夜查的，挑出了通话次数最多的三个男的。今天把他们叫了过来，依次测谎。"

田畑瞠目结舌。测谎？没听说啊。

"谁批准的？"

"班长直接打电话去科搜研，请了位技官过来。"

怒气油然而生："然后呢？"

"三个人里，有个姓鹈崎的拉面馆老板结果可疑。后来，班长就说换他来审，已经在四号间审了贵代美半小时了。他还让我5点进去，假装跟他耳语几句。"

"假装？"

"嗯，班长就是这么说的。"

"他在搞什么鬼?"

"那人的心思,我哪猜得透啊?"植草没好气道。

田畑也下意识呼出一口浊气:"那疑似撒谎的鹈崎呢?"

"放走了,班长派了四个人跟着。"

"足足四个?守在面馆外头?"

"不……"植草支支吾吾。

"不是吗?"

"班长让他们四个人围着鹈崎,缠着他。要是鹈崎一怒之下推了谁的胸口,就以妨碍公务为由抓人。"

田畑哑口无言。他是想引人妨碍公务,顺势逮捕——

胡闹。楠见的行为只能用这个词语来概括。

"这哪行!他急什么?这案子照常办就能破啊!"

就在田畑大发雷霆时,两人之间的空气出现了轻微的混乱与错位。

"这个嘛,班长大概是想赶在一班前头结案吧。"

田畑看向植草的眼睛。因为他觉得,这话似乎有一半是植草本人的肺腑之言。

"几岁的人了!争来争去有意思吗?当破案是赛跑呢!"

植草面露愁容:"不是这样的……"

"那是怎样?"

"我觉得班长是想尽快腾出手来,这样下一个案子就轮到我们接了。就是别人破一个案子的工夫,我们能破两个。"植草的语气中，已然没有了对楠见的批判。

"你也是这么想的？"

植草险些点头，却把脑袋一歪，垂眼望向桌面。

田畑站起身。

穿过刑事课的办公区，走进三号审讯室。找到传声开关，目光转向画框。

楠见和永井贵代美隔着不锈钢桌，相对而坐。

沉默不语。

楠见一言不发，冰寒的眼眸注视着贵代美，仿佛在观察一只垂死的实验动物。进审讯室后，他怕是没说过一个字。

贵代美同样默不作声。她微微垂头，面色苍白，毫无生气，轻咬着嘴唇。这种沉默是何等难耐。此时此刻的贵代美猜不透眼前之人的心思，正在焦虑的汪洋大海中苦苦挣扎。

田畑料到了楠见的打算。

他是想用一句话拿下贵代美。沉默许久，就是为了保证一击必中。

好像到5点了。审讯室的门开了，植草走到楠见身边，耳语几句。

植草刚走，楠见便探出身子，十指交叉。被他死死盯着的贵代美面如土灰，恰似即将被判处死刑的被告人。

楠见的嘴唇终于张开："鹈崎都招了。"

刹那间，贵代美的身子仿佛瞬间萎缩。

她脸颊抽搐，圆睁的眼睛眨也不眨，全身瑟瑟发抖。她用双臂抱住自己，试图稳住身子。对鹈崎的相信与怀疑，正在她心中激烈拼杀。

囚徒困境——这是警方在审讯有同伙的嫌疑人时经常使用的技巧。但楠见的用法已然越界，他竟用谎言将贵代美逼入了两难的境地。

嫌疑人下定决心，绝不出卖同伙。因此嫌疑人也坚信，同伙绝不会背叛自己。但双方无法沟通，因为他们被囚禁在不同的地方。渐渐地，便会生出疑心。掐灭又会再生，而且还逐渐膨胀。万一他招了……一旦冒出这个念头，疑虑就会无限增殖，凌驾于所有的情绪与理性之上。除了自己，走投无路的人谁也不相信。

贵代美的上半身开始摇晃。她的眉眼吊起，秀美的脸庞越发扭曲，太阳穴青筋暴起，鼻翼张开，嘴唇翻起，牙龈毕露。

就在此时，审讯室响起野兽般的咆哮。

"畜生……"贵代美的心理防线崩溃了。她双拳砸向桌面，两次、三次、四次。栗色的头发凌乱不堪，遮住了她的脸。

"浑蛋！蠢货！白痴！"

楠见面无表情地盯着她。那眼神，仿佛是在品鉴什么刚完成的作品。

贵代美抬起通红的脸："是他出的馊主意！他说面馆快倒了，急需用钱。我明确拒绝了他。因为我爱过永井，真的爱过。都是鹈崎不好，他满肚子的坏水。对，都怪他！是他按着永井的头，把人淹死在了浴缸里。我什么都没干，放我走吧！我要回家！"多么丑陋的面庞。贵代美用丑陋的声音，没完没了地说着丑陋的话。

田畑看了看楠见，又将目光移回贵代美。

没错，你该恨的是疑犯——田畑如此告诫自己。这个女人为了一亿赔款，与情夫合谋杀害了亲夫。而此时此刻，她又为了逃脱罪责拼命往情夫身上泼脏水。最可恨的是，她竟为了撇清自己，口口声声说她爱着丈夫。越界了又如何，就该不择手段。要是警方没扯下她的画皮，这个顶着精美皮囊的杀人犯定会与相好双宿双飞，用那笔不义之财逍遥快活，至死不休。

植草与蒲地走进审讯室。楠见起身离席。

见状，田畑也走向门口。两人同时出门，在相邻的两扇门前面对着面。

"辛苦了"三字，田畑实在说不出口。

"这也太冒险了。万一贵代美的同伙不是鹈崎怎么办？"

楠见那一双不带感情色彩的眸子盯着田畑："测谎仪不会撒谎。"

"可它也不是万能的啊。"

"总比人强吧。"楠见冷冷地说道。随后逮住刚巧走进刑事课办公室的阿久津。那是去年春天刚调来二班的新人。

"去申请贵代美和鹈崎的逮捕令。再打宫岛的手机，让他把鹈崎抓回来。"

"收到！"阿久津兴高采烈地冲向电话，看得田畑眼睛生疼。

田畑转回楠见："别忘了及时汇报，保证程序合规合法。"

片刻沉默。

楠见正要开口，却听见握着听筒的阿久津大声喊道："鹈崎跑了！骑摩托车甩掉了四个弟兄！"

4

屋外已是一片漆黑，记者们却依然眼尖。

"永井贵代美招了吗？"《F日报》的小宫试图主持大局。身后的目黑显得情绪低落，见田畑一小时不到就出来了，他认定今天是不会批捕了。

田畑要的就是这个效果。他想尽快离开这里，转移媒体对厨师一案的关注。因为警方将投入大量人员搜捕鹈崎，警署的楼梯与周边街道定会有不小的动静。

"罗马不是一天建成的。"田畑撂下一句强调全无进展的台词，钻进车里，命令相泽："走！"

"去T警署？"

"对。"

开出院门后，相泽透过后视镜看了过来："放永井贵代美回去了?"

"招了。"

"啊?"

"老婆是招了,但出了别的问题。"田畑边说边回头,透过后窗看去。四辆……五辆……看来记者被他引开了大半。

"记好了,搜查指挥车还能当诱饵用。"

"是!"

"还有,别玩藤吉郎[1]那套。"

上车时,车里已开足了暖气。

"说过多少遍了,我这人不怕热也不怕冷。等的时候务必熄火。"

"对、对不起!"

田畑知道自己是在拿相泽撒气,可他实在气不过。楠见目中无人,共犯还跑了。自己控制不住自己的情绪,也令田畑倍感恼火。他用车载电话向尾关部长做了汇报。两人商定,等抓到了鹈崎再执行永井贵代美的逮捕令。

抵达T警署时,已经过了晚上7点。

刑事课人头攒动,像是正要开会。见本部一课的领导大驾光临,片区的刑警们齐齐挺直了腰杆。田畑穿过办公区,走向深处

---

[1] 此处的藤吉郎指木下藤吉郎,即丰臣秀吉。他曾是织田信长的提鞋仆,每次都提前将鞋揣在怀中暖着,织田信长需要穿鞋的时候就立刻把暖和的鞋递上,因此得到了信长的赏识。

的沙发。因为他看见三班的村濑和伴内正在那儿促膝相谈。

"怎么了？"田畑开口问道。村濑抬起双眸，神情不满，似有怨言，但与平时并无不同。大家都说村濑有野兽般的第六感，奉其为"探案天才"。他常有惊人之举，让人捉摸不透，不过与朽木和楠见相比，他的情绪要好懂得多，不必在这方面额外费神。

"哦，伴哥有新发现。"村濑虽是班长，却也喊伴内一声"哥"，以示尊敬。不过去年田畑表示要把伴内调去三班的时候，村濑意见不小，最后还是和伴内同年入职的尾关部长说服了他。

"伴内就剩最后一年了，我想让他进重案组感受一下，别留遗憾。"

其实田畑的心思与村濑相差无几。年轻时，伴内喊他"小畑"，对他照顾有加。他也觉得，伴内的温情应该能为沙漠般荒芜的一课办公室带去些许雨露。伴内的能力也不差，动之以情的审讯风格也有口皆碑。

问题是，伴内总会在关键时刻表现出软弱的一面。他仿佛被鬼魅迷了心窍，屡屡犯错，放跑了好几条大鱼。这令田畑很是忧心。他厌恶一课杀气腾腾的气氛，却也担心伴内临阵犯怵。"常胜军团"的铜墙铁壁不能倒——皆是强烈的防守心态作祟。

田畑感到胸口隐隐作痛，隔桌探身道："伴哥，发现什么了？"

"哦……"伴内难为情地笑了笑，挠了挠头，"今天审的一个姓家田的知情人，我觉得有点儿意思。"

"感觉像嫌犯？"

"嗯……真问我像不像吧，我也不敢肯定。"

"查出他跟被害者的关联了？"

"还没呢，就是有种直觉。"

田畑望向村濑："你怎么看？"

"不凑巧，我没见着人。当时我在审另一个。"

所以他那野兽般的第六感没用上。

"姑且查到了这些。"村濑递来一份报告。

家田和雄，三十八岁。农协职员。与妻子育有二子。名下有一辆九九年版的白色日产蓝鸟。

农协职员和证券经纪人……八竿子打不着。田畑靠回沙发。

本月5日晚10时许，任职于本市山菱证券公司的桑野哲（三十五岁）在自家被人浇上灯油，放火烧死。桑野尚未成家，独自租住于某公寓的一楼。作案手段极其残忍，因此警方高度怀疑是仇杀。按桑野的建议投资股票，却亏得血本无归的客户共有三人。警方本以为嫌犯必然在这三人之中，但调查表明，他们都与本案无关。

警方尚未查到关于私人恩怨的线索。桑野家中的东西被烧了个精光，笔记本和便签之类的东西也都没留下，着实可惜。虽然找到了疑似预付费手机的东西，但已被烧成焦炭，无法提取通话记录。公司发的手机则没有任何与工作无关的通话记录。侦查工作就此陷入僵局。

唯一称得上线索的,是负责调查灯油的小队打探到的情报。案发前一天,有一名男子在市内某加油站买了十八升灯油。因为是生面孔,店员还有印象,刑警一问就想了起来。店员说那人全程没下车,长相记不清了,不过许是出于职业敏感,他一口咬定那人开的是白色的日产蓝鸟。

通过排查车辆登记信息,警方发现T市共有三十八辆与店员描述的款式相符的白色蓝鸟。车主被依次带回警署问话。至于该如何看待买灯油的是个生面孔的事实,搜查本部的意见并不统一。

田畑转向伴内:"问及灯油的时候,那个家田是怎么说的?"

"说不知道,没买过。"

"股票呢?"

"也说没买过。"

"那你是怎么注意到他的呢?"

"我也纳闷儿这感觉是怎么来的,所以正跟班长商量着,想明天再叫他来一趟。"

"哦,那明天再审审吧。"田畑不走心地说道。他大半的心思还在M警署的厨师被害案上。鹈崎的下落查到没有?记者瞧出端倪没有?

"课长——"村濑探出头来。

"嗯?"

"别的案子进展如何?"

"哦,都在推进呢。"

"一班那边呢?有希望拿下挂川吗?"

"应该快了。"

"楠见呢?他们那案子应该不难办吧?"

"嗯,说不定能很快搞定。"

村濑咂嘴,脸上写满敌意:"岂有此理,不费事的案子都归了他俩,我们这儿却得打持久战。怎么就这么不走运呢?"

田畑的大脑早已疲惫不堪,听不得这些课内纠纷。

他站起身。为了迷惑记者,他怕是不能久留。长时间窝在没有动静的搜查本部,记者难免会怀疑他是有什么苦衷,这才刻意躲避媒体。

"我打个电话。"田畑走去离村濑稍远的办公桌,拿起听筒,打去M警署的刑事课找楠见。

等了好一阵子。

"什么事?"隔着电话线,语气更显冰寒。

"鹈崎怎么样了?"

没有回答。

"还没找到?"

"……"

"喂，楠见，你在听吗？"

"不用这么大动干戈吧？"

田畑简直不敢相信自己的耳朵："什么？你没说笑吧？万一人死了怎么办？"

"找到了会跟您汇报的，无论他是死是活。"

寒气与热流，同时贯穿全身："永井贵代美呢？"

"还在审讯室。"

"放人。再派两个女警住她家里陪着，免得她自杀。"

"……"

"门口有记者蹲着？"

"没见着。"

"别让他们瞧出来，听明白了吗？"田畑狠狠撂下电话。

忽觉身后有人，回头望去，伴内忧心忡忡的脸映入眼帘。真想跟他诉诉苦啊——这个念头涌上心头。奈何今时不同往日，两人的立场已大不相同。

田畑默默点头致意，从伴内身边溜走。

"课长。"

田畑停下脚步："跟我客气什么，叫小畑就是了。"

"我看你也挺不容易的。"

听到这话，田畑自嘲地笑了笑："警衔上多两颗星星可真不是什么好事。要是能像你当年教的那样，天天瞧着审讯室里的疑犯热血沸腾就好了。"

"可不是吗！"伴内一本正经地点了点头，"我一直在琢磨自己为什么怀疑家田，想来想去，就只可能是因为这个了。一看到他，我就莫名地热血沸腾。看着他那嘴脸，我胸口就烧得慌，有种绝不能让他逍遥法外的感觉。"

5

田畑晚上10点后回到宿舍，又接待了好几批巡夜的记者。无一人抛出触及核心的猛料。看来田畑亲自做诱饵吸引火力的功夫没有白费。记者们没有发现永井贵代美已经招认，而共犯鹈崎在逃。

楠见那边杳无音信。按他的说法，这意味着既没抓到活的，也没发现尸体。田畑等到午夜零点，可电话还是没响。就在他忍无可忍，正要起身打电话时，门铃响了。

"抱歉，还是我。"来人是刺猬头目黑。

他10点之后来过一次，问了几个离题万里的问题，不一会儿就走了。谁知他竟在早报截稿时间将至时再次现身。

不祥的预感油然而生。一个晚上来两趟本就不寻常，更关键的是，目黑的表情与先前判若两人，洋溢着自信。半年前他抛出连环纵火案嫌疑人的名字时，脸上也挂着同样的神情。而且那一次，他也是临截稿时悠然现身，无视田畑的警告，抢到了独家新闻。

"有何贵干？"田畑态度强硬。

目黑却没有被吓到，咧嘴一笑："我可都听说了。"

田畑心头一颤。

他指的肯定是厨师的案子，但也可能是在套话。狡猾的记者常在关键时刻用这招儿。

田畑盯着目黑的瞳仁："听说什么了？"

"永井贵代美已经招了吧？"

"是吗？"田畑反问一句争取时间，大脑全速运转。

目黑的第一次夜巡是他10点后刚回宿舍的时候。换言之，他当时应该还不知道M警署已是鸡飞狗跳，不过是跟着田畑的指挥车一起回了F市。那就意味着他肯定是在10点到零点之间通过F市的某人打探到了贵代美招供的事。

怪了。负责此案的二班成员全都在M警署。身在F市，又知道贵代美招供的只有田畑自己和尾关部长。半年前的事情让尾关恨透了目黑，他不可能透露如此要紧的消息。

莫非真是在套话？目黑想通过第二次夜巡诈他。假装听说贵代美招了，一探虚实。

然而，面前的目黑扬扬得意，抱臂盯着自己。

难道……他回到F市后，又杀去了M警署？晚上路况好，要不了一小时就能跑个来回。到了M警署，他察觉到了搜捕鹈崎的动静，于是便在警署的厕所或外头的暗处逮住一个二班的人，悄悄打探到了消息。

怎么可能？田畑呵斥自己。堂堂重案组的人，怎么会在这个节骨眼上泄露左右成败的关键情报？

可是……二班十名成员的面容浮现在田畑的脑海中。楠见……植草……蒲地……阿久津……每张脸都是模模糊糊，宛如能乐[1]面具，看不透真心。

有人泄密了。

田畑无法掐灭这份怀疑。此刻的他比谁都理解永井贵代美的感受。因为他也陷入了"囚徒困境"。而且，他的"同伙"足有十个。

他能感到额头渗出油汗。装傻？勒令他别写？田畑不得不做出抉择。

如果目黑真打探到了消息，任他如何装傻充愣，独家新闻都必然会登上明天的早报。不，站在眼前的可是目黑啊。就算承认贵代美已招供，要求暂时保密，目黑怕是也不会听。既然如此，那是不是应该干脆道出鹈崎在逃一事，威胁他"你想再逼死一个人吗"，那样就能阻止他动笔了吗？

慢着。如果目黑是在套话，只要装傻装到底，目黑就什么都没法写。他要是当了真，还勒令目黑别写，就等于是向实际一无所知的目黑双手奉上永井贵代美已经认罪的事实。

疑心不断膨胀。

---

[1] 日本传统艺术形式之一，表演时会佩戴专门的面具。

十个共犯。他们与田畑属于同一个组织的同一个部门，还都是他的下属。问题是，他们算得上田畑的"伙伴"吗？每个人都有自己的小算盘，都在名为一课的荒凉沙漠中苦苦挣扎，只为自己的生存咬牙拼搏。

肯定有人和目黑互通有无。因为和记者搞好关系有百利而无一害，能打探到组织各部门的内情，也能了解别人对自己的看法。若是操作得好，甚至可以委婉地暗示高层你想调去哪里。

没错，十人中的任何一个，都有可能向目黑泄密。

田畑屏息凝神。

别写——话都到嘴边了，一阵微风拂过宿舍门前的小巷。风声化作话语。

走吧，小畑，吃午饭去。

田畑不禁闭上双眼。

"课长——"目黑拿出一决胜负的劲头。

"永井贵代美招了吧？"

"……"

"她是不是招了？"

田畑睁开眼睛，如梦初醒。

一个课长得傻到什么地步，才会因为记者的一句话怀疑自己的下属？

滚烫的思绪，将回答推出唇间："不知道。"

目黑松开胳膊："我可写了啊？"

对瞪片刻:"爱写不写。"

一眨眼的工夫,刺猬头便消失在小巷的夜色中。

他真的会写吗?

写不写都无所谓了,田畑暗自狡辩。哪怕输掉这场赌局,他这个F县警本部搜查一课的一把手都绝不能因为陷入"囚徒困境"而丧失判断力。

6

田畑5点就起了。

因为《县民时报》5点半送到。

《对厨师之妻签发逮捕令!》《投保后行凶,图谋巨额赔款?》还真报道了。

田畑从头到尾看了两遍。虽感觉热血上头,但由于早有预料,没有一气之下把报纸摔在地上。他匆忙换了衣服,随便吃了点儿东西。他必须做好准备,迎战那些因为被抢了头条而杀气腾腾的记者。

6点不到,门铃就响了。田畑打开推拉门,只见《东日新闻》的真木站在门口,虽然没有怒气冲冲,但表情终究有些僵硬。

"时报果然还是写了啊。"

"嗯，但大多是主观臆测，与事实不符。"

"毕竟都没提到那个同伙。"

"对。"田畑敢明确承认，是因为他在真木现身的几分钟前接到了二班植草主任的电话，说鹈崎已经抓到了。

抢先爆料的《县民时报》兴许会因为共犯落网陷入窘境。因为时报断定永井贵代美是单独行动，从头到尾都没暗示她还有同伙。由此可见，目黑写下这篇报道时并不了解案件的全貌。

"9点前会开新闻发布会，方便你们赶晚报。详细情况你到时候就知道了。"

"行吧。"

几个记者沿宿舍前的小巷跑来。真木瞥了他们一眼，随即回头望向田畑说道："证券经纪人的案子好像也是两人合谋。"

田畑盯着真木的脸，呆若木鸡："我都没听说。"

他下意识地如实作答。三班正顺着"白色蓝鸟"这条细碎的线索逐一排查。伴内凭直觉认准的农协职员确实可疑，但还远没到锁定嫌疑人的阶段，更不可能具体到两人合谋的地步。

田畑深知真木不是那种会套话的人。莫非是烧死一名成年男子的粗暴手法让他想到了多人合谋的可能性？可真木早已不是愣头青了，不至于如此轻率发问。

"不知道你从哪儿听来的，这可不能随便乱写啊。"

田畑一半打太极，另一半则真心为真木好。因为真木神情严肃，田畑觉得他很可能在晚报上提及此事。

被别家抢了头条的记者总想立刻还以颜色。仓促抛出留在手头的材料，扑向并不可靠的情报，最终写出谬误百出的报道……这都是常有的事。作为《东日新闻》的一课组长，真木不太可能犯这种低级错误，然而传媒行业一如警界，竞争激烈。哪怕是老记者……不，正因为是老记者，被别家抢了头条的时候才会倍感压力。

田畑本想再叮嘱几句，可不等他开口，其他记者就围了上来。记者们不是在提问，而是在质问。没有升级成谩骂与抨击，是因为田畑的口气让记者们意识到，时报的头条也许并不完满。

清晨的疾风骤雨过后，田畑回到宿舍，打电话给三班的村濑。

"我是田畑。"

"什么事？"语气很是不爽，怕不是还在被窝里。

"有个记者找上门来，说了一句莫名其妙的话。"

"跟我们组有关？"

"对。他说证券经纪人那个案子，可能是两人合谋。"

"两人合谋……？"

"你有头绪没有？"

"没有。会不会是跟别的案子弄混了？"

"那可是东日的真木，不能吧。"

"……"

"村濑——"

"……"

"喂，怎么不吭声了？"

"真木说这案子是两人合谋？"

"没错。"

"知道了，我跟伴哥说一声。"村濑一反常态，乖乖应下。

挂电话后，田畑沉思片刻。

证券经纪人的案子也是两人合谋。真木定是昨晚夜巡时打探到了这个消息。说不定，消息的来源就是村濑，田畑抱着这种怀疑打给了村濑。因为他在脑海中勾勒出了一种可能性：村濑也许有某种企图，所以明明掌握了两人合谋的关键信息，却没有向他汇报。

但他猜错了。听村濑的口气，他对两人合谋一无所知。那是谁告诉了真木？

伴内……

不可能。他才刚怀疑上那个姓家田的农协职员，不可能在这个阶段提出两人合谋的思路。再者，他也不是那种会为了耍花招故弄玄虚的人。

电话那头的村濑说"我跟伴哥说一声"，而且态度很是顺从。这究竟意味着什么？

田畑的疑问被忙碌淹没。

上午8点不到，他便去了县警本部，对照分析二班提交上来的永井贵代美与鹈崎的供词。调查结果显示，这起犯罪从策划到实施皆由鹈崎主导,一如贵代美昨晚的供述。与尾关部长敲定细节后,他于上午9点在发布厅举行了新闻发布会,强调鹈崎才是主犯。记者们提了三十多个问题,但《县民时报》的目黑自始至终都没有发言。他咬着嘴唇,一直盯着手里的记事本,直到发布会结束都没抬起头来。尾关部长幸灾乐祸,搞不好就是他把"贵代美招供"的消息透露给了目黑,以报半年前的一箭之仇。用一条并不完整的独家新闻,引得目黑自掘坟墓,出尽洋相。

田畑并未将清晨的疑问完全抛之脑后。处理公文时,他的笔停了好几次。不知为何,他隐隐有种感觉:种种怪相背后,隐藏着一件非常重要的事情。

解开谜团的关键,来得出乎意料。

下午1点后,田畑让相泽把指挥车开到门口等着。就在这时,S警署的人打来一通电话。田畑本以为是关于主妇被害案的汇报,因为朽木率领的一班就驻扎在S警署。谁知来电者竟是生活安全课的课长工藤。

"不好意思,想跟您打听一件事……"

"什么事?"

"S站跟前的弹子房出什么事了吗?"

田畑一头雾水:"车站跟前的弹子房……?没听说啊,怎么了?"

"据说昨天下午,七八个重案组的同事杀进那家店,查了六个多小时。店老板吓得不轻,就来问我们了……"

一班的……？田畑心头一凛。

沉睡在记忆一隅的关键词，S站前的弹子房——

田畑紧握听筒："他们去查什么了？"

"说是拿着一个男人的照片，问他2月5日有没有来过。问得那叫一个细啊，员工和常客就不用说了，连新客都不放过，还让店家提供昨天没来的所有常客的信息。看那架势，我猜他们肯定另有目的，应该不是冲着弹子房去的——"

田畑放下听筒，靠着椅背，闭上双眼。他心跳如擂鼓，大脑马力全开，高速运转。

昨日的S警署审讯室鲜明地浮现在他的视网膜上。正是一班的田中审问主妇被害案嫌疑人挂川的那一幕。

田中从1月31日问起，让挂川交代每天的行踪。挂川很是不爽，语气生硬。问及2月3日时，他行使了缄默权。问到2月4日时，他相当不耐烦。田中每提一个问题，他都要咂一下嘴，徘徊在暴怒的边缘。可一问到2月5日，他突然就不咂嘴了。他说他那天去了站前的弹子房，还主动说自己玩到店里放《友谊地久天长》才走。

《友谊地久天长》、打烊、晚上10点。且不论有意无意，他是想强调自己当时在车站跟前的弹子房。

而2月5日晚上10点，正是证券经纪人被烧死的时间。

田畑撂下一句"务必给我拿下"，离开审讯室时，朽木并没有回答。田畑误以为，这是朽木狂妄自大的体现。殊不知，朽木当时正专注于审讯室里的对话。就是这份专注，让他注意到了挂川的细微变化。

扒光挂川的日常生活亦非徒劳无功。弹子房人多眼杂，人员进出频繁。挂川认定警方不可能断定他不在那儿。朽木却试图打破固有观念，他派一班的所有人前往站前的弹子房排查，最终确信——2月5日晚上10点，挂川并不在那家店。

田畑竭尽全力，追上朽木的思路。大略如下。

朽木大胆假设，主妇与证券经纪人之死都是挂川的手笔。不，应该说疑犯是包括挂川在内的二人组。调查结果显示，挂川2月5日并未租车，他总不能靠两条腿把用于谋杀证券经纪人的灯油罐运往案发现场。因此朽木认为，挂川还有一个有车的同伙。

田畑将纸笔扒拉到手边。

也许朽木先勾勒出了案件的框架。

挂川通过电话交友平台认识了坂田留美，与她发生了关系。而留美背后还有证券经纪人桑野，这两人也通过电话交友平台发展出了奸情。桑野害得好几个客户在股市中损失惨重，急需用钱，说不定公司已将他列入裁员名单，所以他利用留美敲诈了挂川——不给钱就告诉你老婆。所以挂川才借了一百万的高利贷。

如果事情到此为止，挂川兴许会忍气吞声，也就没有后续的凶杀案了。谁知挂川在机缘巧合下觅得盟友，于是强势出击……也许真相就是如此。

1月中旬，被人撞见和一名男子走在山野边站的长发女子确实是留美。她奉桑野之命物色"冤大头",在那天约见了一个以手持卷起的体育报作为接头暗号的人。

那人自然也被桑野敲了一笔。1月下旬,他碰巧看见挂川站在山野边站的检票口。S警署与T警署的辖区相邻,那人与挂川的生活区域有所重叠也很正常。一看到那熟悉的接头暗号,那人立刻反应过来——又有人中了美人计。但他没有当场提醒挂川,而是跟踪了转战酒店的挂川和留美。因为他想要一个同为被害者的盟友。两人通力合作,便能与桑野抗衡。实在不行,还能一不做二不休地除掉他——

"课长……"

听到细弱的声音,田畑转头望去,只见相泽红着脸站在跟前。相泽奉命把车开到门口,却迟迟不见田畑现身,于是便找了过来。

田畑起身离席。下楼时,只觉得现实感被想象越甩越远。也许一切都是他的胡思乱想。他当了三十五年的刑警,案子按脑海中构思的剧本完美解决的情况还从未有过。

然而……他应该对朽木的内心世界做出了相当准确的揣度。

《东日新闻》的真木与一班走得很近,几乎称得上一班的支持者。证券经纪人一案是两人合谋的消息肯定是朽木透露给真木的。

为什么?田畑细细玩味他得出的结论。

朽木是想让伴内风风光光地退休。

既然你们有了怀疑对象，那就抛出挂川的名字，用"囚徒困境"将其拿下——朽木拐弯抹角地传递了这样一个信息。

若直接上报领导，功劳就归了一班，没法让伴内载誉而归。可要是直接告诉村濑，三班便会颜面扫地。于是朽木心生一计，利用真木，让村濑通过田畑得知此事。不，兴许真木也知晓内情，心甘情愿当了一把传声筒。

那么有人情味、经历过那么多风风雨雨的刑警怕是再也找不见了。真希望他能高高兴兴地退休——真木的感慨犹在耳边。

努力奔走的又岂止朽木和真木？为了让伴内在退休之际立下大功，一班全体出动，在弹子房足足盘查了六个小时。

村濑也反应了过来。他凭借野兽般的第六感读懂了一班的心思，乖乖接下这份好意。所以他才在电话里说"我跟伴哥说一声"。

F县警搜查一课，并非荒芜一片。沙漠之中，亦有绿洲。

田畑坐进指挥车。驾驶座上的相泽回头问道："先去M警署吗？"

"都让你别玩藤吉郎那套了。"

"对不起！"相泽急忙关空调。

"你傻啊！人都上车了还关什么关！"

"啊，对呀……"

田畑轻笑一声。老刑警功成身退，红脸蛋的娃娃脸刑警接过接力棒。

"去T警署。证券经纪人的案子快破了。"

"啊?"

连日睡眠不足,难受得很。田畑任车摇晃身躯,决定做一个农协职员家田老实招认的梦。

密室的漏洞

1

F县警本部大楼五层，小会议室内。

东出裕文揣着烦躁与焦虑在圆桌边落座。这位四十三岁的警部补，是搜查一课重案三组，人称三班的代理班长。

约定的下午4点已过。坐在东出身边的是同属三班的石上，两人同年入职。对面则是反黑课的汤浅课长与特搜班长小滨。待尾关刑事部长和田畑搜一课长现身，"审理"便会拉开帷幕。没错，这场干部会议的性质将无限接近于"审判"。

开会的目的，在于明确责任所在。

究竟是谁的失误，导致疑犯逃出了"密室"。

反黑课二人组汤浅和小滨窃窃私语，时不时瞥一眼东出。他们定会坚称自己没有过失，都是三班的错。

背后传来开门声，东出下意识挺直腰杆。谁知现身的既非部长，亦非课长。

东出倒吸一口冷气，一旁的石上也是瞠目结舌。

来人竟是三班的村濑班长。

"这阵子有劳你们看家了。"村濑看了看东出,又看了看石上。视线在两人身上停留的时间一样长。

他看着很是精神。脸颊略显消瘦,但气色不错。他没挂拐杖,也无须他人搀扶,就这么大步流星走去了东出的上座,坐了下来。

东出惊愕不已。所有人都认定,村濑已是复出无望。

他经历过多次短暂性脑缺血发作,最终发展成了脑梗,所幸症状很轻。可谁都没想到,他只歇了两个月就杀了回来。

"班长,您都好了?"东出问得战战兢兢。

村濑咧嘴一笑:"要不啄我一下试试?"

东出一怔。啄——

村濑指的定是金雕的"手足相残"。

本案由两个月前发现的白骨化尸体而起。那日的种种浮现在东出的脑海中,分外鲜明。

2

5月3日,正值黄金周。

上午11点不到,县北的Q警署上报本部搜查一课,称一对挖野菜的情侣发现了一具白骨化的尸体。尸体位于毗邻县界的中矶村辖区内的国有森林。林中的氛围颇似富士山脚下的树海,自杀事件频发，因此每逢挖野菜的季节，就会发现之前一整年里留下的白骨。

肯定又是自寻短见的，一课起初不以为意。谁知验尸结果显示，那很有可能是一起杀人抛尸案。于是几天前刚侦破老妪被害案，正处于待命状态的三班接到了出动命令。

东出驾车一路向北，村濑坐副驾。哪怕走高速，也得开上两个多小时。东出心情沉重。与新鲜的尸体相比，明确白骨的身份需要耗费更长的时间。由于案件本身发生在很久以前，锁定行凶与抛尸的时间也是难于登天。换言之，三班摊上了一起不好破的案子，抽到了一支下下签——手握方向盘的东出如是想。

换作平时，村濑定会发一路的牢骚。"岂有此理，怎么老摊上这种破案子！"抱怨一通，还要说一班和二班的坏话。这样都不过瘾，还要发泄一番对高层的怨气，听得同车的人脑仁生疼。可那天的村濑一反常态，安安静静坐在副驾驶座上。他没说一句废话，而是盯着车窗，眼神空洞。那神情与重案组刑警相去甚远，颇像个欣赏山村风光的风雅之士。

如今回想起来，那正是前兆。

车爬上中矶川边的森林公路，山林渐深。驶过大坝湖与国民宿舍[1]，前方就变成了分外狭窄的土路。

村濑突然开口道："你知不知道，前面的山崖上有金雕

---

[1] 在自然公园、国家休闲温泉区和其他自然环境优良的休闲区建设的国营住宿或休息设施。

155

的窝？"

"不知道……"

"就在那儿。金雕是一种很有意思的鸟——"

起初，东出答得心不在焉，因为他得专心开车。路实在太窄，路肩又很脆弱，稍不留神就会开进沟里，坠入溪谷。

村濑却不在乎，继续说道："金雕一般一窝生两个蛋。孵化时间会差个两三天。先孵化的雏鸟会拼命啄后孵化的，使劲欺负，最终置它于死地。"

直到此时，东出的耳朵和大脑才渐渐转向村濑的叙述。

"真有这种事？"

"嗯，手足相残在鸟类之中并不罕见，但金雕的窝里斗着实震撼。毕竟金雕的雏鸟个头也很大。最耐人寻味的是，雏鸟在眼前斗得你死我活，亲鸟却跟没看见似的。不，连产卵时间都是故意错开的，可见这一切都在亲鸟的预料之内。"

"为什么要……？"

"因为亲鸟没法同时养活两只雏鸟。金雕是猛禽，雏鸟也要吃很多肉。所以亲鸟从一开始就只想养活一只。可要是只生一个蛋，万一那蛋没受精，或者没孵出来，这一年的努力不就打水漂了吗？"

"也是。"

"就算孵出来了，万一那根独苗天生体弱，离巢无望呢？所以才要生第二个蛋，上双保险。说白了就是备胎。如果先孵化的那只身强体壮，一切正常，后孵化的就只能被活活啄死了。简而言之，只有在先孵化的雏鸟虚弱或死亡的情况下，备胎才能活下来。"

东出一阵胸闷。因为他觉得，村濑是在暗指三班。村濑手下的东出和石上是同一年上的警校，职级也都是警部补，只不过东出早一年晋升罢了。三班的结构，似乎与金雕的窝内局势有着异曲同工之妙。

不，也许这种相似并非巧合，而是刻意。如果村濑组织三班时参考了金雕的思路，很多事情便有了合理的解释。

还在任职最底层的巡查时，东出和石上便是针尖对麦芒。说好听点儿是"老对手"，但其实他们彼此疏远，除了工作场合几乎说不上几句话。也许村濑对此心知肚明，还特意让东出和石上做他的左膀右臂。他是故意而为之，一如金雕的亲鸟。村濑认为，内部竞争有助于提升团队的整体实力。从这个角度看，他的策略收效显著。因为三班的傲人业绩足以证明，在刑警的世界，本该是一种风险的班内矛盾并不会拉低士气，反而能为工作注入动力。

然而，现状也许还不能让村濑满足。他若以金雕的亲鸟自居，就必然乐见两只雏鸟——东出与石上"自相残杀"，还暗中敦促他们尽快决出胜负。想及此处，东出不禁后背发凉。考虑到村濑平日里对竞争的异常痴迷，东出并不认为自己的推测有多离谱。

沿森林公路深入约四千米，便是抛尸现场。半路上有一片落石区，因此设有木制路障，禁止通行。但栏杆并未上锁，若真想深入，抬起栏杆即可。

发现白骨化尸体的地方，是森林公路与溪谷之间的陡峭斜坡上的一处凹陷地带。最先映入眼帘的，就是脸朝侧面的头骨。其他骨骼散落在各处，早已没了原形，许是野兽啃食所致。骨骼间混有严重腐坏的连衣裙、开衫、腰带、耳环等物品，这令众人一致认为被害者为女性。头骨边摆着一个带脚轮的大号行李箱。长时间的风吹雨打使其残破不堪，警方还在内部发现了大量的女性毛发，不难推测，凶手立于森林公路，朝溪谷方向抛下了这个装有女尸的行李箱。

村濑站在森林公路上，俯瞰抛尸现场。三班的十名成员齐聚周围，静候班长发话。

如果将一班朽木班长的侦查手法归纳为标准的"逻辑推理型"，称二班的楠见班长为"攻其不备型"和"施谋用智型"，那么村濑就是"灵光一闪型"和"天赋异禀型"。重案组的刑警个个心高气傲，自认有建立在经验之上的慧眼与侦查所需的各种科学知识。即便如此，谁都不敢轻视村濑那野兽般敏锐的第六感。因为大家都很清楚，村濑的直觉，正是看透案件本质的能力。而这也是前线指挥官最需要具备的能力。因此村濑在现场给出的"第一句评语"会化作路标，烙入每名三班成员的脑海，指引他们开展各项调查工作。

村濑呼了一口气说道:"看着像黑帮的手笔。"

"为什么?"东出与石上同时发问。

"瞧瞧这现场,跟汪洋大海似的。"

所有人环顾现场。

大家都听懂了村濑的弦外之音。现场给人留下的第一印象就是"粗暴"二字。凶手大老远把尸体运到深山老林,却没有选择掩埋,而是跟扔垃圾一样,把行李箱整个扔向溪谷。也没有带走有可能帮警方锁定死者身份的衣物。懒得搞那些小动作了,有什么好怕的?!就算尸体见了光,查明了身份,老子也无所谓!——刑警们仿佛能透过现场的种种听到凶手虚张声势的咆哮。村濑独特的表达方式让三班的所有成员看到了同样一幅画面:汪洋大海一般的现场,一如那些被人系上重物后沉入大海、葬身鱼腹的尸体,这个女人的尸体也惨遭野兽啃食,骨肉四散。

疑犯性情粗暴残忍,与黑帮成员有一拼。村濑为下属植入了这样的第一印象。

就在这时,异变陡生。村濑突然说不出话了,嘴唇微微发颤,手中的圆珠笔落了地,空洞的眼眸左右游移。东出叫他也不回应。不,他不是不回应,而是回应不了。村濑的脑血管暂时堵塞,血流受阻,短暂性脑缺血发作。这都是事后才查出来的。

东出让村濑躺在后排,火速下山。

半路上,东出心想:村濑怕是早就察觉到了身体的异样,所以才会提起金雕育雏。自己即将病倒,无法再指挥三班。他想用这种方式告诉东出:"以后就拜托你了。"倘若真是如此,金雕的两只雏鸟指代的就不是东出和石上了。村濑当自己是先孵化的雏鸟,而非亲鸟。他是将后事托付给了"备胎",也就是第二个蛋。

赶到医院时,村濑再次发作。医生说得直截了当,三分之一的人自然痊愈,三分之一的人反复发作,剩下的三分之一则会发展成脑梗。

不幸的是,村濑偏偏属于第三种情况。

离开医院时,一个念头闪过东出的心头。第一只雏鸟夭折了,而自己这个"备胎",得到了作为三班后继之人活下去的机会。

3

会议室中落针可闻。

4点15分,尾关部长和田畑课长仍未现身。

"一群蠢货,把人撂在这儿,自个儿瞎磨蹭什么呢?"村濑痛骂道,口气与病倒前并无不同。

东出心里五味杂陈。他确实松了口气,但与此同时,失落的阴霾又笼罩心头……

这两个月的艰辛历历在目。

在村濑住院的第二天，东出被部长任命为三班的代理班长。但他无暇品味欢喜与重压，因为三班还有一具白骨化尸体要查，一刻都耽误不得。

搜查本部设在了对抛尸现场有管辖权的Q警署。当务之急是查明被害者的身份。科搜研对骨骼与牙齿进行了鉴定，结果显示被害者是东方人，年龄在二十岁到三十五岁，身高一米五左右，死于一年半至三年前。

抛尸现场找到的连衣裙是法国货，索尼亚·里基尔出品，市价十余万日元，堪称奢侈品。开衫则是日本产的，黑底配金丝横条。皮袋饰有三角形组合而成的图案，产于意大利。由三班成员和Q警署刑事课员混搭而成的数支销售渠道调查小队分头负责每一件遗留物品，重点调查东京与横滨。

行李箱也是重要的线索。箱体呈苔绿色。生产商是东京都内的一家公司，过去五年共生产七百一十一件，在全国十七家百货公司有售。产品主要面向有出国旅行需求的人群。如果不是在店里现金交易，而是送货上门或信用卡购买，就有可能通过这条路直接追踪到嫌疑人或被害者。

针对牙齿的调查投入了更多人手。因为被害者的牙齿治疗痕迹特征显著：全口共有十一颗蛀牙，大多以合金填补。

该跟的线索都跟了。东出在村濑手下耳濡目染了整整两年，吸收了种种指挥调查工作的诀窍。所以他有信心，也很自负。

谁知掌舵不顺，情势混乱至极。

东出偷瞄了一眼石上的侧脸。石上就坐在旁边，但与他保持了一定的距离。

没了村濑这根定海神针，东出才深刻认识到石上对自己怀有多么强烈的敌意。高层紧急任命东出担任代理班长一事让这份敌意浮出水面，瞬间爆发。两人晋升警部补的时间明明只差一年，但东出升任代理班长，同年入职的石上却成了下属。除了人事安排的不合情理，石上兴许也品尝到了身为"备胎"的悲哀与恐惧。为了不被"啄死"在班里，他开始竭力表现自己。

只要是东出制订的侦查方针，他都要唱反调。频率之高、态度之执拗，几乎到了影响办案的地步。他还玩起了心机，专注于调查行李箱的销售渠道。因为他认定，苔绿色是男人用的颜色。他试图跳过查明受害者身份这一步，一鼓作气逮捕嫌犯。若能一举成功，便能将东出赶出"鸟巢"，成为村濑的接班人。为达目的，他竟暗中联系被东出派去走访牙科诊所的小弟，让人家悄悄调查那个行李箱。东出勃然大怒，当着下属的面训了石上一顿。因为他发现石上是真想和他争三班的主导权，所以怕了。他猛"啄"石上，好让石上认清自己只是个"备胎"。见两位班长候选人针锋相对，下属都疑心生暗鬼，班内气氛紧张。不过行李箱的来源还没找到，被害者的身份就浮出了水面。对东出而言，这应该算莫大的幸运。

那是十天前的事情。全靠那极具特征的牙齿治疗痕迹。

三村多佳子，邻县人，高中毕业后独自租住于F市的公寓。

她于两年前失踪，当时二十四岁。搜集到的若干张照片为那颗长满青苔的头骨添上了眉清目秀的脸与动人的表情。

奈何下一步依然艰难。三村多佳子的社交圈大得出乎意料。英语、茶道、花艺、拼布、烹饪……她在文化中心前前后后上过十多个兴趣班。她常和班上的同学主动提起自己的梦想——在不远的未来移居加利福尼亚，在那儿找个高大的白人结婚，拿到绿卡。

为了实现这个自说自话的梦想，三村多佳子似乎为自己打造了另一张面孔——她选择了卖身。为了挣兴趣班的学费和去美国的路费，她在F市花柳巷的粉红沙龙与色情按摩店挂了牌，每月工作二十余天。警方在她家找到了成堆的西海岸旅游杂志和宣传册。调取信用卡交易记录后，警方发现抛尸现场的行李箱是多佳子自己购买的。好一场人生惨剧。多佳子竟被装进了本该陪她去美国的行李箱，被人扔在了与加州相隔十万八千里的深山老林里。

东出决定把文化中心的交友圈放一放，投入所有人手排查花柳巷。这个决定连石上都没有提出异议。疑犯性情粗暴残忍，与黑帮成员有的一拼——这一论断并非东出的判断，而是建立在村濑的直觉之上。

不久后，几名男子进入了警方的视野。

其中一个名叫早野诚一的小白脸格外惹眼。他现年三十，是本地黑帮鹭下组的成员。该帮派掌控了F市花柳巷的七成门面。早野当过牛郎，对付女人很有一套。当年就是他把三村多佳子从粉红沙龙挖去了色情按摩店。警方还通过他的前女友打听出了他的性癖，早野习惯用毒品助兴，喜欢在高潮时掐女人的脖子——

抓回来审。

走访调查得来的情报，让东出决意与早野一决胜负。国民宿舍的一名员工还记得，在两年前的7月，有一辆鲜红的奥迪在中矶河畔的森林公路陷进了沟里。员工还以为开车的是女司机，便想上前帮忙，却被个穿着花哨的夏威夷衬衫、戴着太阳镜的男人拒绝了。对方连连摆手，仿佛在赶苍蝇。警方请这名员工辨认了早野的照片，他说"有点儿像"。

早野名下有一辆深蓝色的萨博，近三年没有换过。但在调查早野的背景时，警方了解到一名跟早野有过肉体关系的陪酒女开的就是红色奥迪，本想深入查问，却迟迟没能找到那名陪酒女和她的座驾。早野杀害的女人，也许不止三村多佳子一个。

前天下午，东出呈报尾关部长与田畑课长，请领导批准三班抓早野回来审问。早野独自住在F市中心的高档公寓。东出打算等他回家后在公寓周围密切监控，次日6点把人带回F中央警署，仔仔细细审上一整天。

清晨抓人是警方的常用手段。即使法院签发了逮捕令，警方也不会一早就用。先抓回去审他个一整天，等人招了或嫌疑已基本确定了再执行。因为法律规定，警方必须在正式逮捕后的四十八小时内将疑犯送交检察院。早上抓人的时候就执行逮捕令，能用于审讯的时间就少了。

是否操之过急了？田畑课长对审讯早野一事持谨慎态度。他认为7月上旬这个目击到红色奥迪车的时间还太宽泛。连抛尸日期都没明确，从何审起？虽说早野只是个小白脸，但他毕竟是鹭下组的人，绝不可能轻易认罪，除非得了帮派干部的命令。东出默默听着田畑的话，将田畑的心思猜了个八九不离十。田畑平日里对三位班长客客气气，好不容易碰上东出这个代理班长，怕是要抓住机会发泄胸中的郁愤？

尾关部长倒是起劲得很。本就是旧案，越拖就越旧，侦破难度也越高。尾关批准了东出的请求，叮嘱他不光要问三村多佳子的事情，还要提两嘴红色奥迪和陪酒女，摆出一切尽在掌握的姿态，狠狠敲打一番。

不过尾关对夜间的监控行动提了一个条件，命令东出找反黑课的人来"帮忙"。既然要查鹭下组的人，就得顾着反黑课的面子。反黑课也属于刑事部，站在部长的角度看，如果突然逮捕早野，没有提前跟反黑课打招呼，会惹得他们闹别扭，必然不利于部门内部的管理。话虽如此，他也不能命令心高气傲的重案组跟反黑课搞联合行动，于是便提了个两边都不得罪的法子，让反黑课"帮忙"监控。

东出断然拒绝，说人手够用。反黑课的地位远不及搜查一课，开口请他们帮忙，哪怕只是走个形式，都会让重案组名誉扫地。氏家忠宏的面容在脑海中一闪而过。他也与东出同年入职，晋升速度在他们这批人里数一数二。无论如何，东出都无法接受部长的提议。暗中调查早野一事，三班至今都没跟反黑课提过一个字。就算日后有必要直接调查鹭下组，他也打算让三班直捣黄龙，绕过反黑课。

尾关部长拒不让步。起初说的还是"给反黑课点儿面子"，后来则以"给我点儿面子"相逼迫。可东出愣是不点头，气得他涨红了脸，以拳砸桌。

无奈之下，东出只得妥协。晚上9点，他强忍着烦躁打电话给反黑课特搜班长小滨的宿舍，表示想借三四个人一用。他没有说明理由，只说在F站前的派出所集合，始终贯彻将反黑课用作"兵卒"的态度。不这么做，他定会失去三班弟兄的信任。小滨班长又不是东出肚子里的蛔虫，自是大发雷霆，咆哮着让东出给出理由。东出撂下一句"回头再说"便挂了电话。

到了集合地点，两拨人又起了一番争执，直到晚上9点45分才完成准备工作。东出在毗邻F站的柊树公寓周围安排了十四个人。十五分钟后，早野诚一于10点整开车回家。

第二天早6点抓人，警方开始彻夜蹲守。

东出的小队盯着公寓正门。

石上的小队守着公寓侧面的便门。

反黑课的人负责地下车库的出入口。

可谓严防死守，照理说连一只蚂蚁都爬不出去。谁知——

早野诚一竟如青烟一般消失得无影无踪。溜出公寓后，他去了一趟五千米外的情人家，就此销声匿迹。

会议室的门开了。

尾关部长与田畑搜一课长并肩入内，表情都很僵硬，甚至可以用"严峻"来形容。

尾关绕去正面的主座，却没有坐下，而是开口说道："谁都会犯错，可我们是警察，用不得这样的借口。你们应该也有数吧？"

房中的空气瞬间紧张起来。

东出瞥向反黑课的两人。对方也还以颜色，眼神中写满敌意，叫人不快。

东出几乎已经确信，错在反黑课。他们就是一群"客人"，而且因为被三班用作"兵卒"心怀不满，所以监控公寓时也提不起劲，马虎大意，放跑了早野。

三班不可能出错。本就是精锐部队，又为这起案件连轴转了两个月。他们靠一具白骨化的尸体锁定了三村多佳子的身份，又顺着一条细碎的线索查到了早野诚一身上。眼看着第二天就要抓人回去审问了，在最后的节骨眼上，三班根本没有理由疏忽。

然而……东出的心绪飘向左侧，窥探石上的气场。

万一真是三班出了问题，罪魁祸首肯定是这个人。出于对东出的抵触，他在监控公寓时马马虎虎。不，他许是故意玩忽职守，好让东出陷入困境。妒忌与怨恨，完全有可能让他兵行险路。在石上看来，此次行动也许是将东出推出"鸟窝"的绝佳机会，而东出无法排除这种可能性。

问题在于责任的所在。如果是石上的失误导致了行动的失败，东出这个代理班长是否也要承担责任？

东出又揣度起了自己右侧的气场。村濑是怎么想的？早野诚一跑了，这已是无可撼动的结果。无论是谁的错，他是不是都打算换一个"备胎"？

"东出，开始吧。"田畑课长如此宣布。

"从监控情况讲起，一个细节都别落下。"语气异乎寻常地严厉。

东出咽了口唾沫润嗓子，站起身来。

坐在一旁的村濑小声嘟囔道："慢慢来，时间有的是。"

4

"我来说明一下监控当晚的情况，"东出决心一决胜负般开口说道，"进入正题之前，先简单介绍一下此次行动的监控对象柊树公寓。房龄三年，地上十四层，配有自动门禁系统。房子有出售的，也有出租的。早野诚一租住在十二层西南角的1207室。地下部分为停车场，早野租的67号车位停放着他本人名下的深蓝色萨博。前天实施监控时，"东出拿起长桌上的资料，"监控点共有A、B、C、D四处。请看手头的资料。首先是A点，负责公寓正门。"

东出率三班的五名下属紧盯面朝大马路的公寓正门。他们借用了街对面某行政书士事务所的二楼，采用了最常规的监控方法——透过窗帘的缝隙，以肉眼监视。距离约三十米。

"然后是B点。"公寓左侧的便门由包括石上在内的三名三班成员负责。由于附近没有找到合适的监控地点，他们选择了百米开外的市营美术馆三楼的窗口，用装有夜视镜的望远镜实施监控。

"为什么B点的人比A点少？"田畑课长打断了东出，"B点和门的距离比A点更远，监控难度不是更高吗？"

"为应对突发的紧急情况，我们在离得最近的A点安排了足够的人手。而且便门旁边有两盏户外灯，监控难度应该不大。"东出语速很快，只觉得全身都在冒汗。这场会议的重点，果然是追究他这个代理班长的责任。

"继续。"

"好的。C点监控的是公寓后方连通地下车库和地面的出入口。"

"等等，"田畑再次插嘴，"你们是把车停在儿童公园边上，在车里盯着？"

"是的。"东出一边回答，一边望向正对面的特搜班长小滨，因为C点的安排引发过一场争执。

前天晚上9点15分，东出与小滨在F站前的派出所会合，然后坐进小滨开来的反黑课警车谈了谈。小滨的两名下属也在车上。

得知搜查一课正在追查早野诚一,三人都变了脸色。

东出就这么坐着反黑课的车前往柊树公寓,9点45分到位。东出指定的C点是一家倒闭的补习班用过的教室。小滨对此大加反对,说离得太远,看不清停车场出入口,要求在车里监控,后来他也确实命下属将车停在儿童公园旁边的马路上。这几乎是在找碴儿,"绝不听命于一课"这几个字,明明白白写在小滨的脸上。

在车里监控更容易被早野发现。东出竭力劝阻,但小滨充耳不闻。就在这时,意外突然发生——早野诚一开车回来了。萨博与停在公园边上的警车擦身而过。转瞬间,早野的车就滑入了公寓的地下车库。

如果早野真的察觉到了警方的行动,那就只可能是在那个时候。萨博的大灯照亮了反黑课警车的内部。小滨说,他没往这边看。东出也有同感。但无论如何,负责监控的警车与嫌疑人的车擦身而过实属重大失误。

"东出,你告诉我,为什么不找个楼,非要坐车里监控?"田畑质问道。

"因为……"东出不知该如何回答。

把责任推到小滨身上倒是不难。人家是警部,比自己高一级,只要说自己是奉命行事就行了。可是到嘴边的话却迟迟出不了口。

小滨抬眼瞪着东出。超短黑人烫加小胡子,典型的比黑帮还像黑帮的刑警。

当然,他并不是被吓成了哑巴,只是还记着当时和小滨在车里达成的"秘密协定"。

险些撞上这事儿,就别跟上头说了——这是小滨主动提的,东出也点头应下。因为造成这一局面的主要责任在于东出,而非小滨。只怪他估错了早野的回家时间。他认定一个混迹于花柳巷的小白脸不会在午夜零点前回家,将监控开始的时间定在了晚上10点,谁知早野在10点整回了公寓。尽管擦身而过的直接原因是小滨坚持要在车内监控,可要是有人指责他这个前线指挥官判断失误,他也无言以对。

"我与小滨组长协商后,将C点从楼内改为车内。因为周围的情况和白天踩点时有所不同,去那栋楼的话,确实不容易看清停车场的出入口。"

东出的辩解很是牵强,田畑冷冷地扫了他一眼。东出明白田畑分外严厉的态度因何而来。因为田畑本就反对审讯早野,认为东出操之过急。虽说最终他也服从了部长的判断,但他内心深处肯定在想"瞧我说什么来着"。

小滨的表情柔和了几分。他打量着东出,眼神中写着"真乖"二字。

东出怀着苦涩的心情,继续汇报D点的情况。

"D点是公寓以西三百米处的公社大楼,用望远镜监视早野的住处。窗口的灯光在晚上10点9分亮起,11点47分熄灭。每扇窗都拉了窗帘，所以看不到室内的情况。"

"睡得可真早啊，"尾关部长一声感叹，环视在场的众人，"然后呢？四处监视点直到第二天早上6点都没人擅离职守吧？"

东出率先回答："A点不可能出问题。我在反黑课的车里盯到晚上11点半，然后就去A点跟弟兄会合了。自始至终都有两个人盯着公寓正门，两小时换一班。截至第二天早上，共有二十七人进出，身份均已核实。"

片刻后，一旁的石上开口道："B点的监控也从未中断过。其间共有十二人进出便门。可以确定早野诚一不在他们之中。"

小滨接棒："我们当然也一直紧盯着停车场出入口。我们是三个人一起盯，没有换班。只有上厕所、去便利店采购的时候才会离开片刻。即便有人离开，也至少有四只眼睛盯着。监控期间共有三十四辆车入库，四辆车出库。早野的深蓝色萨博进去以后就没出来过。"

"那早野是怎么溜出来的？"尾关的声音饱含怒气。

"报告。"就在这时，一个穿着西装、身材柔弱的人走进屋里。

来人正是氏家忠宏。今年春天，他从生活安全课调去了反黑课的特搜班。他是小滨的直属部下，便坐在了小滨旁边。不过他留着时髦的中分头，头发也不油腻，和"黑人烫"坐在一起显得十分怪异。

东出与他全无眼神交流。在同年入职的人里，就数氏家升得最快。两人几乎没什么交情，但东出一看他那精英做派就觉得恶心。氏家也参与了前天的监控行动，跟着小滨瞎起哄，傲气十足地说什么"坐车里更灵活机动"。而且——

"辛苦了，"尾关转向氏家，探出身子道，"怎么样？早野没去找情妇？"

"还没有触网。为了抢占先机，我们也想尽了一切办法，可惜跟早野有牵扯的女人实在太多，一时半刻还排查不清楚。"

"有劳了，感觉这条线还有一点儿希望。"尾关字字戳心。东出又是窝火，又是不甘。但不可否认的是，氏家打探来的情报有着决定性的意义。早野诚一溜出了公寓的包围网，跑去了情妇家。

东出怀着无限悔恨，反刍昨天早上的惊骇。

5

清晨5点50分，警方杀入柊树公寓。

这个环节由东出率领的A点小分队负责。他们让管理员打开公寓正面的自动门，乘电梯上到十二层，按下西南角1207室的门铃。

无人回应。接连按了两三次后，他们怀疑是门铃坏了，便改成了用手敲门，可还是无人出来应门。直到此时，他们才发现房门压根儿没锁。这倒是带自动门禁系统的公寓常有的事。居民会过度信任公寓的安全性，于是便忘了锁自家的门。

开门入内。

"早野先生——"他们喊着早野的名字，查看了每个房间。这是套两室一厅的房子。起居室、浴室、厕所、衣橱、阳台……哪儿都不见人。早野诚一就这么莫名其妙地消失了。

家里乱糟糟的，却不会给人仓皇逃跑的印象，也没有打斗的痕迹。窗户都从内侧上了锁。床铺略显凌乱，但床垫已无余温。

没找到钱包、驾照之类的东西，家中没有安装固定电话，看来他平时只用手机。警方早已查到早野的手机号码，但他似乎关机了，怎么打都无法接通。

当时所有人都认定早野还藏在柊树公寓里。紧急逃生梯设于楼内，而非户外。一行人下到了一楼，又爬上屋顶，却没找到一处能藏人的地方。

一个下属大胆猜测，也许公寓里住着一个跟早野有奸情的女人，他躲到那女人家里去了。倒是有可能。他们让管理员提供了独居女性的信息，共有九人，陪酒女占了七个。其中之一离过婚，和三岁的女儿住在一起。他们逐一敲门询问，应门的每个女人都打着哈欠。警方出示了早野诚一的姓名和照片，但所有人给出的回答都是"不认识"。

下一步是检查防盗监控的录像。

一楼正门、电梯内、通往地下车库的便门……没有一部摄像头拍到早野。但监控录像存在一处小小的漏洞：录像始于管理员凌晨2点就寝时，之前的监控画面并没有录下来。管理员虽已是古稀之年，但有自卫队背景，精神矍铄。他坚称就寝前一直都认真盯着监视器屏幕。但细细一问，他便承认自己一心两用，一边看监视器，一边看电视台的深夜档电影。

大半警力被投入公寓，开始挨家挨户排查。上午11点过后，排查完三分之一时，负责前线指挥的东出接到一条令人震惊的信息。

早野现身于老情人家！

高桥冴子，二十五岁，在小酒馆上班。

冴子称，早野在上午9点左右突然出现，躬身作揖求道："车借我用用。"当时他显得非常慌张。冴子冷冷地回了一句"这会儿倒想起我了"，激得早野勃然大怒，对准她的脸猛砸一拳，撒腿就跑。

打探到这条消息的正是反黑课的氏家。他利用任职于生活安全课时积累的人脉，通过花柳巷的女人搜集早野的情报。

早野跑了。消息传来，东出顿感浑身汗毛倒竖。

"密室"被攻破了。

肯定有他们没注意到的漏洞。问题是，漏洞究竟在哪儿？

6

"怎么就眼睁睁让他跑了？把能想到的可能性都列出来。"尾关部长说道。这无异于告诉他们"拔刀互捅的时候到了"。

东出垂眼看着桌面。他想到了若干种可能性，但身为前线指挥官，他不敢轻易起头。

就在这时，反黑课的汤浅课长抛出了东出也已想到的一种可能性："深更半夜用望远镜监视百米开外的地方，谁能全程不开小差啊？"

石上猛然抬眼："我刚才也说了，我们这边的监视从未中断过。"

"可从侧面的便门走到楼房的阴影处需要多少秒？应该提前测算过吧？十秒，十五秒？"

"七秒。"石上一脸不爽地回答。

"才七秒？"汤浅夸张地惊呼一声，转向尾关部长，"漫漫长夜里的七秒，真看漏了也在所难免啊。"

尾关微微点头。

东出略感犹豫，不知该不该发言。与其让他管的A点负责，他宁可让石上管的B点背锅。然而，事情并没有那么简单。如果站在三班大战反黑课的角度看待这场会议，他好歹得为石上辩解两句。

东出谨慎地斟酌词句："正门的摄像头也能拍到便门跟前。

也就是说，不是一整晚中的七秒，而是没被录像的晚上10点到次日凌晨2点间的七秒。说得再精确一些，是早野家熄灯的11点47分到凌晨2点之间的七秒。"

汤浅嗤之以鼻。边上的小滨也露出不屑的冷笑。言外之意是这算哪门子的掩护。

石上大概也有同感，主动反击道："那栋公寓是可以直接走紧急逃生梯去地库的。早野诚一就不可能坐别人的车出地库吗？"

东出也想到了。如果早野在公寓内部有帮手，就完全有可能做到。

小滨脸上的笑意消失殆尽。他探出头来说道："我们可不像你们。只要有车出库，我们就会仔细检查车里的人的长相。"

"万一他藏在后备厢里呢？躺在后座上也行啊。"

"就算是这样，他总得经过通往地库的便门啊，可摄像头并没有拍到。"

石上并未就此退缩："如果他藏在行李箱里，被人拖去了地库呢？"

"有意思！倒是像他的作风。那具女尸就被他塞在箱子里。但录像也没拍到拖箱子的人啊！"

"没有录像的晚上11点47分到凌晨2点呢？管理员的眼睛靠得住吗？"

小滨咧嘴一笑，像是正等着这个问题："可惜啊，那段时间只有一辆车出库。我们查过了。车主是一对夫妇,都在私立高中教书。那晚两岁的儿子高烧四十度,所以他们开车送孩子去了医院。怎么样,满意了吗?"

石上沉默不语。

愤怒在东出的胸中翻腾。没人向他汇报此事,反黑课无视了他这个指挥官,擅自调查,企图自行逮捕疑犯。

东出吐出一口浊气:"除了车呢?"

"什么?"小滨一脸莫名地看着东出。

"我问你们有没有认真监视进进出出的人,"东出低声说道,"早野在当晚11点47分到凌晨2点走紧急逃生梯来到地下,碰巧在管理员忙着看电视的时候进了停车场。但他没有上车,而是走出了地库的出入口。你们的注意力都放在了车上,所以漏掉了弯腰钻出来的早野。"

"胡说八道!"小滨顿时就炸了,"当我们都瞎了吗?少跟我摆重案组的臭架子!肯定是你们的错,别嘴硬了!"

"我们犯了什么错?"东出在桌下攥紧拳头。

"搞不好早野就是趁你们早上进去的时候跑的。你们气势汹汹杀进去的时候,他就躲在暗处看着,瞅准机会吐着舌头溜了出去。这倒像是你们这群蠢货会踩的坑。"

"你骂谁呢?"东出拍桌而起,"我们在外头留了人的,你给我放尊重点儿!"

"秘密协定"早已被他抛在了九霄云外。

"区区警部补,还敢跟领导顶嘴?"

"可拉倒吧,你算哪门子的领导?给我有多远滚多远,找你的黑帮混混玩花骨牌去吧!"

"有种你再说一遍!"

"手痒了,是吧?"

"别吵了!"氏家开口劝阻,随即转向尾关部长,"部长,这么吵下去有什么用呢?简直是浪费时间。吵得越久,早野诚一就逃得越远。比起开会,把时间用在走访调查上才更划得来,不是吗?"

东出仿佛被人浇了一盆冷水。因为他也有同感。他一开始就纳闷儿,为什么非要在这个节骨眼上开会?

但氏家满口都是大道理,他也不想帮腔。一旁的石上也用眉眼表达着不满。

装什么乖宝宝——

东出将怒火的矛头转向氏家:"谁说早野诚一就一定在逃了?"

"啊?"氏家歪头一怔。

东出继续说道:"我是说,也许那个女人在撒谎。早野还躲在公寓的某个地方。他从公寓里打电话去高桥冴子家,让她骗警察说自己来过。你就这么被她唬住了。这不也是有可能的吗?"

东出并没有放弃这条线。此时此刻,公寓的三处出入口仍有人把守,两人一组。

氏家一脸莫名地看着东出:"那她脸上的伤是怎么来的?"

"小伤而已,自己就能弄。"

氏家的神情严肃起来:"我查过她家的通话记录。从前天晚上到第二天中午,就只有一通她妈打进来的电话。"

"那就是早野打给了别人,让那人带话给高桥冴子。"东出也知道这个解释太牵强了。

氏家瞬间反攻:"谁会把这样的口信儿当真,还打电话报警,弄伤自己的脸?根本就不符合常识。"

"可——"话到嘴边,东出却倒吸一口气,因为坐在旁边的村濑正小声嘟囔着什么。

东出竖起耳朵。

"……让他给密室开个洞就行了……"

东出愕然。连村濑都认为,早野诚一已经逃出了公寓。

不,等等。

让他给密室开个洞就行了。好奇怪的措辞。

"开洞"是什么意思?难道他在暗示密室本没有漏洞,是早野诚一刻意制造了一个漏洞?而且他的话用的不是过去时态,而是将来时态。

后遗症——这个单词闪过脑海。东出再次偷看身边的村濑。

他的手动个不停,好像正在记事本上奋笔疾书,瞧不出一点儿后遗症的迹象。

东出抬眼望去,目光沿村濑的侧脸上移时,震撼突然袭来。

像极了。

村濑此刻的神情，像极了给出"第一句评语"前的沉思。

7

所有人沉默不语。

已近7点，该讨论的都讨论过了，尾关部长却没有宣布散会。

村濑也没有给出他的评语。莫非是自己多心了？

东出已经恢复了平静。通过与氏家的一番交锋，他仿佛触到了谜团的根源。

早野诚一为什么要跑？

是个疑犯都想跑。刑警都有这样的思维定式。可细细琢磨起来，早野并没有逃跑的理由。退一万步讲，就算早野是真凶，他杀死三村多佳子并抛尸山野也是两年前的事了。两个月前发现的白骨已查明身份一事也见了报。早野确实有可能料到警方会查到他身上，所以提高了警惕。

但媒体也大肆宣扬了警方无法确定行凶与抛尸的时间这一点。照理说，就算他被带回警局审问，也很容易糊弄过去。他做梦也不会想到，县警本部搜查一课的重案组早已认定了他，想要一锤定音。

可他还是跑了。莫非是因为他察觉到了警方的监视？是警方的杀气吓跑了他？

如果真是这样，问题只可能出在那次擦身而过上。但早野当时明明把车开进了地下车库，如果他真发现了警方在监控公寓，感到自己正处于危险之中，完全可以不开进停车场，而是一脚油门逃之夭夭。

还是应该假定他并没有察觉到警方的行动。小滨断定早野没往他们那辆车里看，东出也有同感。一无所知的早野停好车，乘电梯上到十二层，回了自己家。直到此刻，生活还一切如常。

简而言之，异变发生在那之后。

走进家门以后，早野才察觉到了危险。为什么？那是什么时候的事？早野家10点9分亮灯，11点47分熄灯。毫无疑问，变化就发生在这两个时间点之间。

11点47分熄灯……忽然间，东出似有所感。

他抬起头。因为他听到了一声长叹，好像出自氏家。只见他转向尾关部长说道："我也不想旧事重提，可我实在不明白这场会议的主旨是什么。三个小时就这么浪费掉了，再开下去又有什么意义呢？"

尾关说道："我也不明白。"

东出简直不敢相信自己的耳朵。

所有人的目光都投向了尾关。尾关却不像是在开玩笑。发起这场会议的竟然不是部长。

东出望向田畑。难以置信，田畑的表情分明在说"也不是我"。

东出顿感脊背发凉。排除法得出的结论浮现在脑海中。他缓缓转向身旁。

是村濑，是他召集了在场的所有人。

可……为什么？

为了官复原职？还是他身为三班的班长，想了解一下病假期间的调查进展？那他的目的应该已经达到了啊？每个人都抛出了自己掌握的情报，再也问不出别的了。

村濑却岿然不动。

他在等。等这间会议室里发生什么，还是等人进来报信？

笔记本上的字迹映入眼帘——密室的漏洞。

村濑似乎是故意让他看到了这几个字。

反黑课的人早已没了耐心。汤浅课长的腿抖个不停。小滨班长眼神发直，好似醉汉。氏家每隔几秒就瞄一眼尾关部长的脸。尾关则跟佛像一般纹丝不动，嘴巴紧抿，抱着胳膊。东出如坐针毡，没什么可说的，却又不能走。分分秒秒，堪比严刑拷问。

小滨打破了凝重的沉默："部长，会就开到这儿吧。我们氏家说得很对。再开下去也是浪费时间。"

东出顺势搭腔："我同意。再讨论下去也——"

"我刚说了，时间有的是。"低沉的声音传来。村濑终于发话了。

不等东出开口，小滨便咆哮道："村濑！你他妈有完没完了？我们可没工夫陪你瞎闹。再说了，还不是因为你平时教导无方，底下的人才会犯这种低级错误！"

"没错。"村濑点头道。

"班、班长……！"东出瞠目结舌。

村濑狠狠瞪了他一眼："责任在你，因为当时是你在指挥三班。"

果不其然，村濑就是为了把他推出"鸟窝"才杀回来的。

东出转向村濑："我没犯一个错！"

"那早野怎么跑了？"

"那是因为……"

因为反黑课——后半句话被村濑的怒吼生生掐断："别给我找借口！指挥三班，就意味着你要对这起案子负责！既然你断定自己没犯错，那就下令搜查公寓的所有住户！"

东出的脑海顿时一片空白："所有住户……一百二十户，都查一遍？"

"没错。你要没犯错，那早野就一定还在公寓里。身为代理班长，你有权限申请针对公寓所有住户的搜查令！"

"慢着！"尾关部长插嘴道，"入室搜查怕是不妥吧？这年头光走访都惹人嫌，要是入室搜查，肯定会有大批居民投诉我们侵犯隐私，暴力执法。"

村濑仍盯着东出："拿主意吧。你才是搜查指挥官。"

东出一筹莫展。搜查所有住户——

万一折腾半天，却还是没找到早野诚一呢？不，根本就不可能找到，因为早野去过高桥冴子家。明知徒劳无益，却偏要搅得一百二十户人家鸡飞狗跳，公寓定会爆发骚动。媒体兴许会听到风声，大肆报道。到时候，他不光会被调出三班，还会被踢出刑事部。尾关部长与田畑课长此刻的神情便是最好的证据。可是……

我没有犯错——大话都说出去了。他若是收回前言，定会永远失去村濑的信任。对在三班破壳而出、锻炼羽翼的东出而言，这也是无法接受的结局。

指尖掐着膝盖，一丝冷汗划过背脊。无论选哪条路，都……

反正他在这个组织里已经没有活路了，那就干脆……

东出终于开口。他能感觉到，自己的嘴唇瑟瑟发抖："作为三班的代理班长，我下令对柊树公寓的所有住户开展入室搜查——"

"抱歉。"短促的话语打断了他的决意。

氏家摸着口袋，起身离席。许是调到静音模式的手机在震，只见他小跑到窗边，边听电话边点头。

东出决定等他归位，犹豫再次爬上心头。他暗暗诅咒氏家，怎么偏偏在这时候——

"部长！"氏家一声大喊，满脸通红，"另一个女人打电话来，说她看到了早野诚一！"

尾关部长和田畑课长同时起身:"在哪儿!"

"金井町!我这就去一趟!"氏家冲向房门。

刹那间,好几个为什么串联起来。

"站住!"东出喊道,"你又要辣手摧花了?"

所有人的目光都落在东出身上。不,唯有村濑抱着胳膊,闭目养神。

氏家将苍白的脸转向东出:"什么……?"

东出把手一伸:"手机给我看看。"

"什么意思?"

"如果刚才真有人给你打电话,总该有通话记录吧,拿来看看?"

氏家紧握手机:"已经删了。"

"删了?我看不像啊。"

"喂!"小滨怒吼道,"你什么意思?给我说清楚!"

东出没有理会,牢牢盯着氏家。

他终于看透了一切。他应该在氏家拿起手机起身的那一刻就反应过来了。

早野诚一起初并没察觉到警方的监视,他不知道自己已经被盯上了。他是进门之后才知道的。

有人通过手机向他发出了警告。如果对方只是随口一提,早野绝不会采取行动。毕竟是两年前的旧案,而且警方都没锁定行凶日期和抛尸日期。不如乖乖接受问话,全程装傻。这个时候跑，反而容易被怀疑。他肯定是这么想的。

然而，对方言之凿凿。

公寓被包围了。明天早上，本部搜查一课就会以涉嫌谋杀的名义把你抓回去。

所以早野撒腿就跑。

熄灯时间是晚上11点47分。不难推测，通话发生在那之前。

早野肯定吼了对方一通："怎么不早说？"是啊，如果在进公寓前接到电话，早野就能轻轻松松甩掉警察。

对方表示："我没机会啊！"当晚9点半后，东出才告诉反黑课的人"早野是三村多佳子一案的头号嫌疑人"。当时他们都在反黑课的车上。东出与小滨针锋相对，气氛十分紧张。氏家实在找不到机会下车。东出毕竟是重案组的，眼力过人。"我去方便一下"这话，氏家无论如何都说不出口。

11点半，东出下车与A点的弟兄会合。片刻后，氏家谎称去厕所或便利店，拨打了早野的手机。东出是11点半下的车，而在短短十七分钟后，早野就溜出了他家。不难想象，氏家等东出走人的时候是多么心急火燎。

早野和氏家是一伙儿的。只要想通这一点，高桥冴子的供述就没有了意义。氏家定是以她违反《风俗营业法》相要挟，利用她转移视线，伪造出早野出逃的假象，企图让东出解除对公寓的监控。

"开什么玩笑，重案组可不能血口喷人啊！"氏家吼道。

"省省吧。"石上发话了。看神情,他也参透了一切。

"你在生安课那会儿的黑料我也有所耳闻。怕不是透了些突击行动的风声给早野,赚了点儿零花钱,还是他分了几个玩腻了的姑娘给你?"

"石上,你他妈活腻了!"氏家将手机狠狠一砸,液晶碎了一地。

"想销毁证据?死心吧,运营商那儿有记录。"说着,东出瞥了村濑一眼。

原来村濑说的"密室",并非柊树公寓,而是这间会议室。

发起人既非部长,亦非课长的会议……没完没了的会议……

村濑将氏家关进自己搭建的密室,耐心等他"开洞"。

氏家本就心急如焚。早野已在公寓里躲了一日有余,怕是早就不耐烦了,说不定还打电话催过氏家——喂,快想办法让他们解除监控啊。

虽然氏家急得冒火,会议却迟迟没有结束,都不知道是谁发起了这场会议。疑心生暗鬼……见状,村濑强势出击,逼迫东出搜查公寓的所有住户。

让他给密室开个洞就行了。

氏家就这样落入了村濑的圈套。

若是搜查公寓的所有住户,早野就一定会被揪出来。但氏家认为,三班没这个胆子。可眼看着东出就要下令搜查了,氏家顿时慌了神,匆忙"开洞"。他紧握根本没接到电话的手机,大喊另一个女人目击到了早野。

会议室中寂静无声。

尾关部长看了看搜一课长田畑和反黑课长汤浅,开口问道:"归谁管?"

"当然归我们。"汤浅表情严峻。

氏家跪倒在地,双手抱头,以额抢地。

"操……操!"东出起身走过去,一把揪住氏家的头发,抬起他的脸,"说!早野诚一躲几零几了!"

8

柊树公寓1103室,住户南美香子,二十七岁;步美,三岁。

以东出为首的七名三班成员站在房门口的走廊上。他抬手看表,晚上9点27分,离行动开始还剩三分钟。县警防暴队的六名特警应该已经从楼上悄无声息地爬到了1103室的阳台上。

行动!

东出按下门铃。

"哪位?"门禁对讲机传出女人的声音,听着很是僵硬。

东出用欢快的口吻说道:"您好,我是物管协会的佐竹,想麻烦您填一份关于垃圾分类的调查问卷。"

对方沉默了好一会儿,肯定是在请示早野诚一。

"来了。"门被推开一条细缝,露出一张写满恐惧的脸,正是南美香子。她强颜欢笑,脸颊都僵了。

东出深鞠一躬,食指竖立于嘴唇跟前,然后举起一张写着字的纸板:

我们是警察,马上救你出去。

美香子拼命摇头。

"不好意思啊,太太,这么晚了还打扰您休息。因为最近老有人不按规矩倒垃圾……"东出一边说,一边给她看第二张纸。

请您解开防盗链。

美香子闭上眼睛,将手伸出门缝,似要赶人。

东出紧紧握住那只手:"对对,画圈就行。"

翻到第三张纸。

他是不是在卧室?

美香子用抓住救命稻草似的眼神盯着东出。

孩子也是?

东出以眨眼催促她回答。

美香子痛苦地点了点头。

东出身后的石上对无线对讲机低语:"人在卧室,跟孩子在一起——"

东出换回第二张纸板。

请您解开防盗链。

美香子颤抖的手终于动了。

"哎呀,感谢您的配合。我们也觉得有必要盖上防鸟网,乌鸦真是防不胜防啊——"东出逐渐降低音量,同时缓缓开门。美香子已是抖若筛糠。东出抓住她的肩膀,让她退到一旁。

他用脚抵着门,回头望向走廊。

一番眼神交流之后,弟兄们从东出和美香子身边穿过,神不知鬼不觉地溜进房中。

手握对讲机的石上嘴唇微动。

"上——"

说时迟,那时快,砸碎玻璃的响声自里屋传来。美香子的尖叫声,淹没一切的巨响紧随其后。那是爆音弹,一种只会发出巨响和烟雾的手榴弹。

不到十秒的工夫,四五个身强力壮的汉子就把一个口吐鲜血的人死死按在了卧室的地上。

梳着麻花辫的小脑袋埋入队员宽阔的胸膛。美香子伸出双手,扑了上去。"麻花辫"落入母亲柔软的怀抱,上下摇晃。

9

东出走出柊树公寓。

早野诚一弯腰驼背,被三班的弟兄推进车里。

东出环顾四周,却不见村濑的踪影。身后传来脚步声。回头望去，只见石上刚走出公寓前门。

东出叫住了他："夜宵上哪儿吃？"

"去中央警署？"石上问的是今晚拘留早野的地方。

东出说"对"，石上便兴致缺缺道："那就叫红苑的拉面吧！"

东出把手伸进警车的窗口，抓起无线电的话筒："F61呼叫中央。"

"中央收到，请讲。"

"麻烦准备下夜宵，两份红苑的拉面。"

"收到。"

"多谢，通话完毕。"

东出放下话筒，冲副驾驶座一努嘴："捎你一程？"

石上冷笑一声，沉默片刻后说道："我还当早野从侧面的便门跑了。"

"啊……？"

"谁乐意听你指挥啊，我一晚上几乎没拿起过望远镜。"

东出轻叹一声，随即直视着石上的眼睛说道："别跟吃了火药桶似的。从明天起，我们又是窝里斗的金雕兄弟了。"

"啥？"

"问那老金雕去吧。"东出撂下石上坐进车里，一脚油门。

假面的微笑

1

"只见那女人周围的紫罗兰也被烧成了火红一片。我是没下过地狱,可真地狱也不过如此吧!一眨眼的工夫,那女人便扑通一声趴倒在地,变成了一团焦炭。我跟马似的撒腿就跑,冲进派出所放声大喊'他娘的,真是暴殄天物啊'。"矢代勋高举双手,夸张地喊道。

酒席的一隅,唯一的"观众"森隆弘前辈已是满脸通红,眼中尽是血丝,几近酩酊。

"森哥,你倒是笑一个嘛,不然多没劲啊!"矢代噘嘴嚷道。

森挠着他的小平头骂骂咧咧:"啰唆!还不是因为你功夫不到家啊?"

"对对对⋯⋯"矢代一边应着,一边摇扇子。用寄席字体[1]写成的五个大字"重案亭一饭"的艺名在他面前跃动。

---

[1] 常用于落语、歌舞伎等的招牌或节目表的字体,为了吸引客人目光,文字笔画很粗。

"真不爽,收摊、收摊!这辈子都不讲这个段子了,把猪排饭撂我面前都不讲。嗯,天妇罗盖饭也不好使。要是鳗鱼饭,倒还能商量商量。"

"臭小子,没个正经。"森哈哈笑道。

"哎呀,效果不错嘛。下一位已经准备好了,是时候下台了,多谢诸位捧场。"

"小浑蛋,你这水平也太次了。"

"本来就是冒牌落语嘛,只能请你多多包涵喽。"

森一仰身望向后方,矢代也顺着他的目光望去。只见朽木班长已然躺下,手肘撑着榻榻米闭目养神。

"瞧瞧,咱们班长都没笑。"

"哎哟,这可太强人所难了。哪怕五代的柳家师父[1]死而复生,他都不会笑的。"

10点已过,特定邮局[2]局长被害案的庆功宴渐入佳境。

会场设在朽木常去的一家日式餐馆。重案一班的十个弟兄、四名后勤人员和片区的十多名刑警尽数到场,吃吃喝喝,大肆喧闹。领导发了话,今日不讲虚礼,让弟兄们开怀畅饮。上座的尾关部长与田畑课长只在最开始干杯的那几分钟坐了一小会儿,之后便起身给下属们依次斟酒,以示犒劳。矢代刚才也喝了一杯部长亲自斟的酒。"好样的!我还当你只会嬉皮笑脸呢,到底是朽

---

1 本名小林盛夫,是日本第一位被评为人间国宝的落语家。
2 规模小、员工往往不到十人的邮局。

木看中的人，就是不一样。下个案子也要好好干——"

成王败寇。矢代深刻认识到，这四个字就是警界的本质。他今年二十七岁，有幸成为一班最年轻的成员。由于调来一班的时间不长，这是他第一次参加破案庆功宴。其实查案的时候，他也不过是跟着田中主任跑来跑去罢了，可酒劲儿一上来，他竟有种自己成了F县警刑事部扛把子的错觉，想想也怪吓人的。

谁的手机响了。

发现是田畑课长的手机在响后，也没人当回事。许是因为店里太吵，听不清楚，田畑去了走廊，但很快就回来了，还跟尾关部长耳语了几句。

尾关棱角分明的脸略略一僵。他环顾宴会厅，朗声说道："弟兄们听我说！"

半数人转头望向尾关。朽木仍闭着眼睛。

"听说隔壁V县发生了一起用'青'的案子。"

宴会厅的喧嚣戛然而止，仿佛云开雾散。

"死人了？"提问的是森。此刻的他神情清明，与方才判若两人。

"死了个流浪汉，据说毒被下在了饮料瓶里。"

"确定是'青'？"

"V县警是这么说的。"

"青"即氰化钾。

F县警的人对"青"如此敏感是有原因的。十三年前，有人闯进本县南部的一家化学药剂销售公司，偷走了装有氰化钾的玻璃瓶。内容物多达二百五十克，足以毒死一千六百名成年人。谁知盗窃特搜组刚展开调查不久，本县就闹出了人命。虽然不是警方忧心的无差别大屠杀，但从某个角度看，那起案件的卑鄙与凄惨有过之而无不及。

八岁的男孩独自在儿童公园的沙坑里玩耍时，戴着墨镜的中年男子上前搭话。

"小朋友，你爸的脚臭不臭呀？"中年男子捏着鼻子问道。据说他的声音像极了动画片里的动物，所以小男孩才会不自觉地被他吸引。

"嗯，臭死了。"

"呼出来的气是不是也带着酒味？"

"嗯，总是臭臭的。"

"叔叔给你个好东西。这是一种神奇的药粉，只要撒上这个，就一点儿都不臭啦。"中年男子将一个胶卷盒递给男孩，盒底装有白色粉末。

"撒一些白白的药粉在你爸的鞋子里，剩下的悄悄倒进酒杯。多简单呀！"中年男子讲解了用药粉除臭的方法。最后他摸了摸小男孩的头说道："可不能让爸爸发现哟，不然这药就不灵了，没法除掉那些臭味了。"

男孩当晚便付诸实践。他先撒了些药粉在父亲常穿的皮鞋里。因为中年男子叮嘱过不能碰触药粉，所以他用手指轻轻敲击胶卷盒的底部，弄了少许粉末出来。

若只是如此，倒也出不了大事。氰化钾遇酸或遇热时反应形成的氰化物气体才有剧毒。据说人体内能发生这种强烈反应的地方只有会分泌胃酸的胃和黏膜裸露的女性阴道。因为血液是弱碱性的，即便用注射器将氰化钾溶液注入体内也不会发生反应，难以致命。更何况男孩只是把氰化钾粉末倒在了鞋子里。光用脚踩，粉末只会和通过皮肤呼吸排放的二氧化碳产生轻微的反应，案件会以未遂的状态画上句号。

然而，小男孩忠实地执行了中年男子的计划。他趁父亲起身上厕所的时候，把白色粉末倒进了装有烧酒的杯子。那晚母亲也小酌了两杯，但男孩行动的时候，她正在院子里找不知所终的猫。叹着气回房一看，孩子竟是满脸雀跃的神情。母亲便问："你这是遇上什么好事啦？"话音刚落，父亲便回到了起居室，拿起酒杯一饮而尽。

几分钟后，阖家团圆化作地狱绘卷。

父亲捂着喉咙苦苦挣扎，母亲的尖叫划破夜色，男孩号啕大哭。

急救人员赶到时，父亲早已不省人事，瞳孔都放大了。男孩抽噎着交出来的胶卷盒底部还留有少量的氰化钾粉末。医护人员立刻采取让患者吸入亚硝酸异戊酯等急救措施，可惜为时已晚。父亲还是因为氰化钾中毒导致呼吸停止，永远地合上了眼睛。

以孩童为"行凶工具"的间接正犯[1]——凶手若被送上法庭，定会被如此定罪。然而，这个凶手迟迟没有落网。特别搜查本部的核心力量便是当年的一班，而当年的一班班长正是现任刑事部长的尾关。

自不必说，尾关投入大量人力调查被害者的仇家。三十五岁的被害者阿部研太郎以催债为生，树敌无数，不过，赖账不还还吹着口哨不当回事的人，要比在他的猛烈催讨之下痛哭流涕的人多得多。侦查工作一头扎进了几近地下的"湿地"，最终陷入齐膝深的"泥沼"无法自拔。那是一片被无数介于黑白之间的知情人填满的"灰色泥沼"。

警方自然也对三十三岁的妻子光子展开了调查。阿部投了寿险，身故赔付高达三千万日元。阿部醉酒时脾气暴躁，时常对光子动手。光子平时在附近一家卖套餐的餐馆打工，是个肤色白皙的美女，常被男客人搭讪。警方曾一度怀疑她与其中一人发展出了更深的关系，合谋毒害丈夫。若是亲自下毒，肯定会被立刻捉拿归案。于是光子与情夫心生一计，将独生子勇树用作了混淆视线的"工具"……

然而，光子的情夫并未浮出水面。根据勇树的描述，神秘男子的特征如下：身高一米六到一米七，年龄四十到五十岁，身材偏瘦，花白的头发梳成大背头，瘦长脸，尖下巴，高鼻梁。由

---

[1] 利用无责任能力的人或无犯罪意愿的人实施犯罪行为，以达到自己犯罪目的的人。

于对方戴着墨镜，勇树没看清他的眼睛，但眉毛好像很浓。光子身边并没有符合上述特征的男人。警方公布了根据证词绘制的画像，却没有公众提供有价值的线索。

犯罪动机既非仇怨，亦非保险赔款，警方没有排除愉悦犯[1]作案的可能性。若真是愉悦犯的手笔，再度行凶的可能性就非常高了。尽管大量的氰化钾已被用于阿部一案，但计算结果显示，嫌疑人手头的氰化钾仍足以毒死至少一千人。谁知第二起凶案并没有发生。这一事实也使得愉悦犯行凶的假设淡出了搜查本部的视野。

离时效届满还有两年。因为这起案件是以"青"行凶的间接谋杀，刑事部内部将其简称为"青间[2]"。嫌这个说法太低俗的刑警则称之为"傀儡案"，因为凶手操纵了无辜的男孩。无论如何，这已是一起几乎被人遗忘的陈年悬案。搜查本部早已解散，只在管辖案发地的P警署留下一个仅有数人的专案组。

矢代只觉得透不过气。

那起案件发生在他入职的八年前，所以他并未直接参与过调查。然而当前辈们聊起过往，提到"傀儡""工具"这样的字眼时，矢代都会惶惶不安。埋藏在心底深处的记忆隐隐作痛又蠢蠢

---

[1] 借由犯罪行为引发人们或社会的恐慌，以暗中观察受害方反应取乐的犯罪者。常见于无差别杀人事件。——编者注
[2] "青间"的日语发音与"野合"相同，所以后文提到有刑警觉得这个说法低俗。

欲动，直让他心神不宁，只想大喊一声——看我不弄死你。

"田中，带上矢代去隔壁瞧瞧。"躺在榻榻米上的朽木发话了。

听口气，不像是在命令他们跟进傀儡案。重案组的刑警都心知肚明，十三年过去了，疑犯再度行凶的可能性已微乎其微。因为非密封状态下的氰化钾会渐渐与空气中的二氧化碳发生化学反应，只需三年左右就会变成无毒无害的物质。

以防万一，朽木八成是这么想的。

矢代心中却是波澜骤起。因为他觉得，朽木是故意点名让他去V县打探消息的。

田中起身问道："班长，我们怎么去？"

"打车吧。"

田中点了点头，望向矢代："小子，别傻笑了，走了。"

田中戳了戳矢代的脑袋，向走廊走去。矢代小跑跟上，同时偷瞄朽木。

朽木正看着他们，眼神阴沉得令人毛骨悚然。

班长果然知道。

知道矢代与阿部勇树一样，曾被用作作案"工具"。

2

出租车飞驰在路灯稀少的主干道。

去V县要翻过一个山头。虽然路途遥远，所幸深更半夜不堵车，应该用不了一个半小时。

"到了叫我。"田中撂下这句话，没过几分钟便坠入梦乡。兴许这也是能干刑警的必备技能之一。他是班长朽木的心腹，各方面的能力都很出众，尤其擅长审讯，在本县首屈一指。

矢代透过昏暗的车窗，心不在焉地注视着星星点点的民宅灯火。

他自己的面容倒映在窗玻璃上，看似带着浅笑，内心越紧张，面部肌肉就越放松。朽木有不笑的理由，而矢代也有时刻面带笑容的理由。

小学一年级的暑假。当时他刚满七岁。

去学校泳池游完泳，他想抄近路回家，便穿过了神社的停车场。走过一棵有几百年树龄的老榆树时，他突然发现有个戴着墨镜和棒球帽、穿着白衬衫的人正站在树荫下，脚踩青苔。那人之前应该就躲在大树后面。

被人挡住去路，矢代产生了些微的恐惧，险些撒腿就跑。对方却蹲下身，咧嘴露出一口白牙："小朋友，这附近有没有寒蝉呀？"

"没有。"矢代不假思索道。因为他知道，神社里只有油蝉和斑透翅蝉。

"哦……那可真不凑巧。叔叔在搜集各种蝉的叫声。"

至于自己当时对这话做出了怎样的反应，记忆已是模糊不清。他十有八九放松了警惕，也可能被那人手中的小录音机分散了注意力。

那人的下一句话，他倒是记得清清楚楚："叔叔也喜欢搜集小朋友的声音。"一只粗壮多毛的胳膊向他伸来，手里拿着一张纸。纸和学校里用的笔记本一般大，上面写着许多平假名。

"来，念念看。"那人欢快地说道。

"我不想念……"他应该这么支支吾吾了一阵子，脑中还有难为情的记忆。

"来，从这儿念起。"那人指了指某个平假名。

他做梦也没想到，眼前的男人正在逼他干坏事。因为他接触过的成年男人寥寥无几，除了父亲和邻家叔叔，就只有学校的老师了。

矢代经不住那人的催促，念了起来："明、天、之、前、准、备、好、两、千、万。"

矢代拼命辨认纸上的文字，脑海中一片空白。他当年还小，连平假名都还没记熟。那人肯定认为不能找年纪更大的孩子，所以认准了只有一年级学生才会戴的交通安全小黄帽，物色最合适的"代言工具"。

"很好，再念念这个。"

眼前出现了另一张纸："放、在、系、黄、色、丝、带、的、长、椅、上。"

那人让他念了十多张纸。他根本没注意到,那人手里的录音机一直在转。

最后,那人摸了摸矢代的脑袋说道:"谢谢你。记得十年以后回这儿来找叔叔,叔叔送你一份大礼。在那之前,你可千万不能把今天的事情告诉别人哟。"

矢代一路跑回了家。

在远离神社的过程中,恐惧渐渐淡去,只留下了被表扬的欣喜。与陌生大人的交谈令他无比兴奋。对十年之约的期待,对向父母保守秘密的内疚和愉悦,种种情绪交织在一起,让他攥紧拳头,手掌生疼。

从第二天起,他就不再抄那条近路了。不是不想,但终究还是忍住了。肯定是某种不祥的预感在心头投下了阴霾。

盂兰盆节过后,就在他埋头写图画日记以应付暑假作业的时候,不带抑扬顿挫的话语自电视里传入耳中。

"明、天、之、前、准、备、好、两、千、万。"

返校那天,校长提起过发生在另一座城市的绑架案。当年的矢代还无法完全理解"绑架勒索"这几个字的意思,只知道有个跟他同龄的女孩被坏人害死了。这个消息伴随着由此激起的惊讶、恐惧和兴奋压在他的心底。

"放、在、系、黄、色、丝、带、的、长、椅、上。"

他不确定自己对现实的理解到了哪个程度，也没有认定"那就是我的声音"的记忆。只记得自己的脸顿时通红，脖子和耳朵都红了。心跳加速，呼吸急促，仿佛刚跑完马拉松。在电视屏幕上见过好几次的女孩大头照，此刻分外醒目。

天知道什么时候会露馅儿。二十年来，矢代一直生活在恐惧之中。

新闻节目播放的录音是F县警通过媒体发布的，旨在请公众提供线索。绑匪通过改变转数等方法对录音进行了加工，所以连父母都没有意识到，那是自家儿子的声音。

模糊的恐惧却吞噬了矢代，几乎将他压垮。他总是战战兢兢，食不下咽，最后连话都说不出来了。母亲非常担心，带着他跑了好几家医院，却没查出什么问题，于是只得求助于市教育中心介绍的心理咨询师。

事后回想起来，他是被误诊了。咨询师对他的内心世界做了不必要的深度揣摩，将好几种心理疾病强加于他。测试、观察、心理治疗……矢代虽然年幼，却很清楚自己失语的原因，离题万里的心理咨询不过是徒增痛苦。

痛苦之中的矢代仍能切身感受到母亲的苦恼。他深爱着母亲，见母亲伤心难过，他也倍感煎熬，所以他逼自己笑。每次看到他笑，母亲便会喜极而泣，拥他入怀。为了取悦母亲，年仅七岁的矢代学会了假笑。

与此同时，矢代还要与"恐吓者"斗争。恐吓他的，正是只比他小一岁的妹妹明里。矢代活了二十七年,却没见过比明里还要贪婪、坏心眼的女人。

暑假临近尾声时,她说:"哥哥,电视上那个坏人的声音就是你吧?"

他们本就不是一对相亲相爱的兄妹,平时经常冲对方怪叫。矢代的声音明明经过加工处理,却还是被年仅六岁的明里听了出来。

"你可别说出去。"矢代拼命恳求,当时他好不容易能磕磕巴巴说出几个字了。谁知这反而让明里意识到,自己抓住了哥哥的把柄。

明里开始得寸进尺,暗中抢走哥哥的零食,收缴哥哥珍藏的卡片和贴纸。她的要求不断升级,甚至不准哥哥接近母亲,还让他尊称自己为"明里大小姐"。

终于——

还记得那天很热,矢代和明里在院子里的塑料池子里玩水,滚滚也在。滚滚是父母买给矢代的比格幼崽,他们希望小狗的到来可以改善儿子的病情。不难想象,明里对此心怀不满。那天她突然嚷嚷起来,要把滚滚的名字改成凯蒂。

"听见没!它以后就叫凯蒂了!"明里学着大人的口气发号施令。

矢代委屈得哭了出来。他一直都很疼滚滚,滚滚也很亲他。他失语后说出口的第一个词就是滚滚的名字。

明里在胸前拍了拍手，喊"凯蒂过来"。就在这时，矢代不由自主地喊了一声"滚滚"。滚滚径直冲了过来，跳上他的膝头，小尾巴都快摇断了。明里气得脸都歪了。只见她一个转身，冲向主屋。

"妈妈！电视上那个坏人的声音是——"

矢代撒腿猛冲，一把抓住在面前晃动的小辫子，用尽全身力气把人拽了回来。"妈妈！妈妈！"他将哭喊不止的明里推进水池。"妈妈！妈妈！"他抓住明里的脖子和头，将她按进水里。没你这么坏的妹妹就好了！你这个小坏蛋，看我不——

"哟，还没到呢？"田中浮肿的面庞近在咫尺。

"呀，我也没注意……"矢代望向窗外，一片漆黑。

路很陡，路面也是凹凸不平。轮胎上上下下，震得他屁股发麻。田中肯定也是被颠醒的。

矢代探身问道："师傅，咱们到哪儿了？"

"就快翻过这座山了。"慵懒的声音传来。言外之意是"你们要不是刑警，我才懒得跑这趟呢"。

田中再次闭上眼。

矢代靠回椅背，长出一口气。他望向自己的双手，十指张开，细细打量。

要不是滚滚狂吠起来，他已经用这双手杀死了自己的亲妹妹。

打那时起，明里再也不敢在他面前耍横了，投向矢代的目光总是饱含惧色。哪怕她早已成家，生了两个孩子，情况也没有丝毫改变。

矢代学会的假笑渐渐发展成了玩笑与搞怪。起初他只是为了安抚和取悦母亲，但意识到这招儿也能博老师和同学一笑后，便在这条路上越走越远。他并不觉得扮演小丑有多痛苦，反而有轻松畅快之感。

这为他提供了绝佳的伪装，因为他害怕暴露真实的自我。上初中时，他已清楚地认识到自己在那起绑架撕票案中扮演的角色。没办法，只怪自己不走运。无论他如何宽慰自己，当年被新闻节目反复播放的录音总在耳边挥之不去。唯有置身于笑声的旋涡中心时，那些声音才会消失不见。升入高中时，他已经成了大家公认的开心果。谁都觉得他大大咧咧、无忧无虑。

高二那年夏天，矢代走向神社的停车场，赴那十年之约。他口袋里藏着一把美工刀，在老榆树前等了一整天。

那人却没有兑现承诺。

在回家的路上，他找了个公共电话亭，给当时搜查本部所在的片区警署打了一通电话。早在好几年前，他就记住了呼吁公众提供线索的海报上的电话号码。那是他第一次拨打那个号码。他没有自报家门，只是哑着嗓子跟接电话的刑警讲述了"那一天"的经过。他单方面描述了那名中年男子的样貌特征，然后不顾对方的追问撂下了听筒。

如今回想起来，当时接听电话的刑警正是朽木班长。入职F县警后不久，他就得知朽木在升入一班之前当过那一带片区警署的刑事课长。

大四那年夏天，矢代决意从警。在绑架撕票案时效届满的那天，老榆树下的矢代泪流满面。他为十五年漫长而痛苦的岁月而哭泣，为绑匪逍遥法外而落泪。我要送那群作奸犯科的人上绞刑架，一个不留——矢代决意投身警界，向"那一天"复仇。

出租车似乎开上了平缓的下坡。前方出现了城市的灯光，应该已经开过县界了。

矢代闭上双眼。

他这辈子都忘不了初见朽木时的情景。当时他还是个小小的巡查，刚被调去派出所没多久，辖区就有个老婆婆被人捅死了。离案发现场最近的派出所常会被用作刑警们的联络站和休息点。朽木过来歇脚时，盯着端茶送水的矢代说了这么一句话："明明没什么好笑的，你为什么要笑？"

朽木一眼便看穿了他的假笑。这人太可怕了……

矢代脱口而出："调我去您手下吧！我真的很想当刑警！"

不过两年的工夫，他便如愿以偿，调去了片区警署的刑事部。而在两年之后的今年，他成功跻身重案一班，堪称火箭飞升，惊得全县刑警瞠目结舌。

矢代心想：搞不好是因为班长还记得我的声音。

朽木将那通电话的声音收在了记忆的角落，所以才提拔了以假笑掩面的他。在朽木看来，因被用作作案工具而疾恶如仇的岁月与从警经验有着同样的价值，所以才调矢代去了一班。

从来不笑的"青面修罗"，朽木泰正。

有些默契，不需要建立在言语之上。

毕竟从"那一天"起，矢代再也没有发自内心地笑过。

3

出租车在市区迷了路。

在消防局、敬老院之类的地方掉了好几次头，出租车终于驶入V县警东部警署。午夜零点已过，星期六已然变成了星期天，而二楼灯火通明。

"真不容易啊，大周末的……"田中踩着楼梯说道。不知他说的是自己，还是这座警署的人。

"你来问吧。"

"好嘞。"

"'好嘞'？"

"主任您是不是爬山爬得耳鸣了？我说的明明是'遵命'呀。"

"蠢货！你一会儿可别稀里糊涂的，丢咱们一班的人。"

"Aye aye sir[1]。"

田中忍俊不禁，骂了句"臭小子"。

刑事课人员进出频繁，两人低调入内。

"负责对接的是谁来着？"

"一个姓安川的组长。"

他们出发前就打电话联系过这边，说本县有一起发生在十三年前的涉"青"悬案，想过来交换下信息。他们向站在过道上的年轻刑警打听安川坐哪儿，那人便朝靠里的办公桌喊了一嗓子。一张年过五旬、略显神经质的面孔转了过来，起身点头致意。

他将田中与矢代带去屏风后的沙发："辛苦二位远道而来。"安川语气恭敬。这位临县的同行也是久闻F县警重案一班的威名。

"要我说啊，这远道的'远'得换成元钱的'元'，出租车的计价器跳得那叫一个快——"田中轻轻踹了矢代一脚。

"那就不扯这些闲话了，感谢您百忙之中拨冗接待。如果没听说也就罢了，听说贵县也出了一起涉'青'案件，我们哪还有心思喝第二趴呀？"矢代又挨了一脚。

安川客气地笑了笑，许是当矢代的酒还没醒。

矢代掏出笔记本："呃……那就麻烦您先讲讲案子的概要吧。"

---

[1] 美国军人收到上司指令时的回应方式。

"好，"安川舔了舔手指，翻开手头的资料，"案发时间是今天——都过12点了，应该是昨天，昨天上午11点左右。案发地点是须田川边。我们县政府在那一带搞了不少水利工程，建了些儿童公园、足球场什么的。河边的步道上搭了三十来个蓝帐篷，被害者就是帐篷的居民之一。"

"哦……死者身份确认了吗？"

"还没有头绪。看着得有五十多了，姓名、年龄不详，平时好像也不跟'街坊邻居'来往。"安川眼中含笑，许是觉得自己说了个绝妙的笑话，很是得意。

"'街坊邻居'呀……"矢代重复了一遍以示赞扬，继续问道，"看来是个没前科的？"

"对，十指的指纹都过了一遍系统，没有匹配的。"

"没有前科……"矢代一边记录，一边继续提问，"当时是什么情况？"

安川低头看向资料："住在被害者隔壁的人说，他每天上午8点左右起床，提着两个九百毫升的塑料瓶去儿童公园的露天水龙头打水，有些用来喝，有些用来刷牙。其中一个瓶子里的水测出了明显的氰化反应。简而言之，有人在上午8点到11点的三个小时里给他下了毒。"

矢代把头一歪："也可能是在半夜下的毒吧？神不知鬼不觉地把粉末倒进空瓶里。"

"哦，那个隔壁的人说被害者特别爱干净，说他有洁癖都不夸张，"安川的眸子又笑了起来，"他每天早上都会仔仔细细把瓶子洗干净。"

"税也不交，却用公家的自来水哗啦哗啦冲？"

又是一脚。

"可不是吗？说是连瓶盖内侧都要冲上几遍，所以我们才排除了夜间下毒的可能性。"

"作案时间在上午8点到11点……可被害者就在帐篷里待着，哪有机会下手呢？"

"哦，抱歉抱歉，我忘了说了。打完水以后，被害者刷了个牙就出去了，11点不到才回来，喝下了瓶子里的水，然后就呻吟着滚出了帐篷。"

"哦，原来是这样，这下就清楚了。嗯……能否让我们看一下被害者的照片？"

"啊，好的，稍等。"安川起身离席。

目送他远去后，田中没好气地说道："少东拉西扯！看准机会套话！"

"好嘞。"

在田中咂嘴的同时，安川回来了。

他用装模作样的手势将照片摆在桌上。照片总共两张，一张是尸体的面部特写，另一张则是全身照。

被害者体形肥胖，脸和鼻子都圆滚滚的，说他练过相扑都有人信。最显著的特征就是脸颊上的伤痕，全长五厘米左右，从鼻翼边划向右耳，看着已经有些年头，但很是惹眼。

"这是怎么伤的？"

"鉴证的弟兄说八成是匕首。"

"嚯……系统里没他的指纹，既不是黑帮，又没有前科，难不成碰巧跟个狠人干了一架？"

鞋子的侧面似乎被另一只鞋的脚尖顶住了。矢代一转头说道："安川组长，有没有目击者证词？"

谈及办案进度，安川的脸色顿时一沉："呃，这个嘛……有那么几条……"

矢代探身向前："那就透露一下呗。隔壁邻居就得互帮互助嘛。"

"那是当然……"

"画像拿来看看？"

矢代不过是随口一说，不料安川又站了起来："不过画的不是案发当天，而是一星期前目击到的样子。"

"没事啊，总之先拿来看看吧。"

"看画像当然没问题，不过……"安川欲言又止。

"不过什么？"

"是这样的，十三年前F县发生那起案子的时候，我们也拿到了一份画像，但现在找不到了……"

"好说，拿去复印吧。"矢代答得干脆，从包里掏出傀儡案的疑犯画像。他早就料到可能会有这一出，所以出发前去本部取

215

了画像。

"多谢多谢，帮大忙了。"安川拿着画像，迈着轻盈的步伐消失在屏风之后。

"还要问啥？"矢代低声问田中。

"问一下他们这儿最近有没有氰化物失窃。"

"啊？真有那种事还能瞒着我们吗？回头被媒体曝出来，不得被人喷死啊？"

"好歹问一嘴。"

"好嘞。"

脚步声越来越近，来人明显在跑。安川再次现身时，面色惨白如纸。他将两幅画像默默摆在桌上。

"这、这是……"矢代也是瞠目结舌。

F县警十三年前绘制的画像和V县警昨天刚绘制的画像——

看着很像。

大背头、瘦长脸、粗眉毛、高鼻梁……连墨镜的形状都差不多。

不同点在于，新画像里的面孔要更老一些。脸上的皱纹多了，原本花白的头发也变成了纯白，下巴上还留着山羊胡。

矢代敢断定，十三年的岁月，足以让傀儡案的凶手变成新画像中的模样。

追债人和流浪汉。如果两起案件是同一个人的手笔，莫非两名被害者之间存在某种联系，还是说他们并无关联，只是碰巧成了同一个愉悦犯的牺牲品？

"这人是在哪里被目击到的？"矢代总算问出了第一个像样的问题。

"就在发生命案的河岸边，是个推着婴儿车的主妇看到的。她说那人在看流浪汉的帐篷，拿着手杖，但年纪看着不是很大。"

"一星期前……"

"对，确实有可能是踩点。"

"不过……"田中插嘴道，"我们虽说不能完全排除疑犯用的还是十三年前那批毒物的可能性，但还是要假设疑犯新搞了一批更为妥当。安川组长，这几年V县有没有丢过氰化物？"

"没有，"安川斩钉截铁道，"O县倒是刚发生过一起。三个月前，一家电镀厂进了贼，丢了百来克的样子。"

矢代与田中同时点头。

他们对此也记忆犹新。V县和O县恰好把F县夹在中间。在O县失窃的氰化钾被用于V县也不会给人距离太远的印象。氰化钾在F县失窃，最后也被用于F县的傀儡案反而是个特例。

"不好意思，占用了您那么多时间……"田中起身说道。矢代紧随其后。

"呃，请问……"

田中打断安川道："您放心，F县警的重案一班绝不会抢别人的案子。"

4

星期一，上午9点。

对普通人而言，今天是个节日，算上周末就是个小长假。

矢代握着方向盘，心情郁闷。

去找阿部勇树，给他看看流浪汉毒杀案嫌疑人的画像——这便是朽木班长的命令。

矢代心想，给人家看画像能顶什么用？而且他也怕见到阿部勇树。同为被迫参与谋杀的"工具"，他该顶着一张怎样的面孔去见勇树？又该跟人家聊些什么呢？

矢代找去阿部家，勇树却不在，接待他的是母亲光子。光子明明只有四十六岁，却显得十分苍老。这也难怪，毕竟在十三年前，就是她的儿子害死了她的丈夫。

于是矢代转去了萩之川边。因为光子告诉她，勇树就在那里。

那孩子也真是的，活儿也不好好干，一心扑在剧团上——

矢代倒是很理解勇树。他仿佛能通过演戏这种行为，看到勇树在这十三年中的挣扎。

刚在停车场下车，便听到了河边传来的声音。

"一二三，三二一，一二三四五六七——"只见十来个青年男女在河边站成一排，开嗓练声。矢代瞧了一会儿，等练习告一段落了才上前搭话。

"请问阿部在吗？"

"谁找我？"一张瘦长的脸转了过来。

一时间，矢代竟生出了在照镜子的错觉。案发那年阿部八岁，所以现在应该是二十一岁。阿部勇树的"微笑面具"已是炉火纯青。

矢代请他坐长椅上聊。

"哇，您是刑警啊？看不出来！"

"是吗？那你觉得我像干啥的？"

"嗯……像托儿所老师，背着小宝宝到处跑的那种。"

"差不多。我们组里有位姓森的前辈，就跟三岁小孩儿似的。"

勇树笑个不停："我们正要去不远处的那家养老院表演呢。"

"难怪，我说你们怎么跑这儿来开嗓子了。"

"要不要来看？"

"养老院巡演啊……我当年也常去呢。"

"啊？您也混过剧团？"

"不，我专搞落语，上学的时候当过落语研究会的干事。"

"落语研究会的干事？哈哈哈……您果然不是一般人呀。"

"你也不差呀。你们经常去各处演出吗？"

"是啊，这半年把本县和周边几个县都跑遍了。"

"演什么剧目呀？"

"《吸血鬼》,现代版的。"

"吓死几个老头老太太了?"

"哈哈哈!您放心,吸血鬼可是长生不老的代言人啊,老人家看得可起劲了。"

"前提是他们没眼花。"

"哈哈哈哈哈!您这张嘴可太毒了,真是警察叔叔吗?"

"给你瞧瞧我的樱吹雪刺青[1]?"

"那不是法官吗?"

"要不我扔个硬币露一手?百发百中哟。"

勇树笑得直拍膝盖。就在这时,矢代从怀里掏出一张折过两次的纸:"瞧瞧这个?"

勇树打开画像——V县警绘制的新版画像。

"嚯——"勇树的句尾拉得老长。他此刻的神情已无法再用"笑容"二字概括,但眼中仍有淡淡的笑意。

"怎么样?"

"他还活着啊。"情绪不见一丝激昂,完美的假面。

"你也觉得是他?"

"嗯。他又犯事了?"

"抱歉哈,这个得保密,"矢代迅速折起画像,起身说道,"行了,尽管去吸老人家的血吧。"

---

[1] 此处指古装剧主角名判官远山金四郎,据说他身上有樱吹雪刺青。后文提到的扔东西百发百中是他的一个绝活儿。

"矢代警官,您可太有个性了!我劝您要么改行,要么换个人设吧。"

矢代笑着点了点头。那就只能改行了。事到如今再改人设,他的人格怕是会轰然崩塌。

你不也一样吗?矢代将这个问题藏在心里,迈步离去。背后响起欢快的声音:"啊,对了,替我跟朽木警官带个好!"

矢代缓缓回头:"谁?"

"您不认识吗?搜查一课的朽木警官呀!那气场,一看就是个铁血刑警。他偶尔会来找我聊聊的。"

5

回程开得分外谨慎。

矢代能感觉到,全身的血液在向大脑集中。

朽木班长找过阿部勇树,还不止一次……

照理说,那应该是为了搜集阿部研太郎一案的情报。可事情都过去十三年了,他还能从勇树那里打探出什么情报呢?

难道是慰问?朽木同情被用作"工具"杀害了亲生父亲的勇树,所以偶尔会去看看他?

说不通。矢代不认为朽木是个冷酷无情的人,但他又显然不是那种传统意义上的热心肠刑警。更何况,朽木并不是傀儡案的负责人。矢代实在不觉得，他会对勇树有什么特殊的感情。

是F县警刑事部的顶梁柱——重案一班的班长的身份促使朽木采取了那样的行动。这才是更合乎情理的解释。正是这位顶梁柱，命令矢代把流浪汉一案的疑犯画像拿给勇树看。

忽然间，令人不快的猜想浮现在脑海中。

朽木在怀疑勇树——

怀疑什么？怀疑勇树是毒死流浪汉的凶手？

不可能。流浪汉的案子发生在两天前，而朽木很久以前就开始探望勇树了。

很久以前……难道是勇树父亲的案子？

勇树确实杀害了自己的父亲，但他不过是被人利用的"工具"，这一点毋庸置疑。

慢着……也许朽木怀疑阿部勇树是故意杀害了父亲研太郎。那一次次找勇树不也是白费力气吗？就算真是勇树蓄意谋杀，一个年仅八岁的孩子也不会被定罪判刑。

矢代心头一凛，猛踩刹车。他自以为开得很小心，却险些闯了红灯。

他吐出一口浊气。但一眨眼的工夫，思绪再一次被案件填满。

如果朽木真的怀疑勇树……明知在法律层面毫无意义，也要继续开展调查，探究案件的真相。这确实像朽木干得出来的事，他有那样的激情与固执。可是——

一个八岁的小男孩，怎么可能想出杀害父亲的计划？他哪来的本事跑去大老远的化学药剂公司偷氰化钾？再者，勇树恐怕也不懂氰化钾的毒性。小男孩单独行凶的可能性微乎其微。除非有另一个年长的罪犯将氰化钾交给勇树，否则这起案件就不可能发生。

另一个猜想忽而浮现。

从犯……主犯把氰化钾交给勇树的时候，明确告诉他"这是毒药"。勇树明知那些粉末是毒药，还是撒进了研太郎的酒杯。

因为他对父亲心怀怨恨……矢代隐隐觉得，有可能。

如果真是这样，勇树说不定知道主犯是谁。所以朽木才会盯上他，为了揪出傀儡案的罪魁祸首——

不对，等等。那画像是怎么回事？

假设勇树知道主犯是谁，却隐瞒不报，企图包庇他，那就意味着勇树当年描述的嫌犯的体貌特征都是瞎编乱造。然而在此次的流浪汉毒杀案中，目击者看到了同一个人，只是年岁有所增长。这说明现实中确实存在那样一个人，勇树如实描述了嫌犯的特征。莫非勇树是从犯的推论只是朽木的幻想？

因为后车狂按喇叭，矢代一脚油门，一通加速，甩开后车。正要重组空转的思绪，却不由得睁大了眼睛。

因为他在对向车道的车里发现了几张熟悉的面孔。

那分明是重案二班的人。阿久津握着方向盘，旁边坐着楠见班长。他们那辆车在路口中央打着右转向灯，拐弯后再开一段，便是阿部勇树的住处。

二班也盯上勇树了？

矢代在混乱中继续行驶。开过路口，他看了眼后视镜。二班的车转弯了，莫非他们真要去勇树家？

他将视线移回前方。说时迟，那时快，一团小小的影子穿过车前。矢代猛踹刹车，轮胎发出刺耳的噪声。

车停了下来。矢代战战兢兢地看向前方。一只灰猫站在马路中间，体毛根根倒竖。

电流般的刺激直冲天灵盖。不知为何，他死死盯着那双掺杂着愤怒与惊恐的猫眼，久久无法移开视线。

6

五天后，F县警本部大楼地下一层。矢代从小卖部旁边穿过，在走廊尽头右转，继续深入。

经朽木班长许可，他独自调查了整整四天。该了解的都了解了，该掌握的也都掌握了。此刻的矢代胸有成竹。

审讯室映入眼帘。

二班的楠见班长沿走廊迎面而来。擦身而过时，他在矢代耳边说道："搞不定就交给我们。"音色阴冷，不带抑扬顿挫。

来到三号审讯室门口时，隔壁二号审讯室的门悄然开启，朽木探出头来。

朽木以眼神示意：开始吧。

门重新关上。

矢代做了个深呼吸。胸好闷，心跳也很快。再深吸一口气，再来。

行了。矢代推开三号审讯室的房门。笑意本就粘在脸上，无须刻意去挤。

"久等啦。"

微笑的面庞转了过来，阿部勇树的假面也同样完美。

"矢代警官，不带这样的啊！你说要带我到处转转我才来的，怎么能把我关在这种地方啊……"

"抱歉，抱歉。"矢代挠着头，坐在勇树对面的钢管椅上。

与勇树面对面时，他又产生了照镜子的错觉。一面照出彼此笑容的镜子。

"你享受的可是VIP待遇啊，一般的嫌疑人都是在片区警署受审的。"

"啊？我成嫌疑人了？"勇树怪叫一声，面不改色。笑意均匀地散布于面庞上。

"哎呀，你也别紧张，就当是玩个游戏嘛。"

"游戏？"

"嗯，十秒钟不吭声就算输的游戏。"

"听着好难啊。输了要挨罚吗？"

"有安慰奖，坐豪车兜风去V县。那就开始吧。"

审讯室里只有他们两个。无人辅助矢代，也没有录音。正式的审讯将由搜查本部所在的V县警方负责。

矢代将手放在桌上，十指交叉："先聊聊V县死的那个流浪汉吧。案情了解过吗？"

"新闻节目提过，知道个大概，是被人用氰化钾毒死的吧。"

"哎哟，了解得那么清楚，那就省事了。呃……人是你杀的吧？"

"哈哈哈！"勇树笑得直往后仰。

"嗯？很好笑吗？"

"这还不好笑啊？哈哈哈……矢代警官，哪有一上来就这么问的呀？"

"抱歉、抱歉，那我再试一次——杀人的就是你吧？"

"错大发啦。"

笑容与笑容激烈碰撞。

"那人不是星期六死的吗？"

"对，星期六上午。"

"那您只能白高兴一场喽，我可当不了凶手，因为我当时人在O县，正躺在棺材里呢！"

"棺材？"

"我是主角呀。"

"哦……啊，对了、对了，说起O县，你三个月前是不是也去过一趟，也是去演《吸血鬼》？"

"没错啊。我们在O县还挺有名的，可吃香了。"勇树鼻孔微张，喜滋滋地说道。

矢代微微点头："你利用那次机会，半夜里溜进一家电镀厂偷拿了氰化钾吧。"

勇树猛一探身："矢代警官，您有证据吗？"

"哪来的证据呀？所以才来问你嘛。"

"哈哈哈！太搞笑了，您可真有意思！"

矢代静候傻笑平息："笑完了？那我接着问了哈。"

"哎，等等，我也有个小问题。"

"什么问题？"

"V县死的那个人叫啥啊？"

"无名氏。"

勇树扑哧一声笑道："那还有什么好问的呀？谁会杀一个不认识的人呢？"

"照理说是不会。可知道长相，却不知道人家叫什么不也是常有的事吗？好比某个广告里的姑娘，跟着北野武的谐星……"

"又好比乙级联赛的球员。"

"那个完全不认识。"

"那街角便利店的店长？"

"对对对，差不多。所以我觉得吧，你好歹知道这位无名氏

227

长什么样。要看看他的照片吗？"

"您有吗？"

"嗯，稍等哈。"矢代从外套的外袋掏出被害者的面部特写。

勇树的眼眸染上好奇之色。

"怎么样？"

"既不是谐星，也不是便利店的店长。"

"没见过？"

"从没见过。"勇树不见丝毫慌张。

矢代往后一靠："这人的特征还挺明显的。胖得跟什么似的，脸颊上的伤疤也很显眼。"

"可我没见过呀，不好意思。"

"哈哈，道什么歉呀，"矢代收起照片，"那就问别的吧。案发一周前出现在V县须田川边的就是你吧？"

"哎哟，又来了！必杀技——就是你吧！呃……您问的是什么来着？"

"我问，假扮成画像里的样子出现在河边的就是你吧？"

"假扮？"

"你可是要当演员的人，乔装打扮一下不是小菜一碟吗？你的脸本来就偏瘦长，先化个老人妆，再用假的山羊胡打造出画像里的尖下巴就行了。"

"听着倒是不难，可我干吗非做那种事不可呢？"

"这还用问吗？当然是为了把自己伪装成十三年前的那个人啊。"

"我？伪装自己？"

"对。"

"为什么啊？"

"因为你十三年前误导了警方，弄出了一张与实际情况完全不符的画像。"

"瞧您这话说的，亏我全力配合你们工作。"勇树显得很是无语。

"给你氰化钾的人和画像长得完全不一样，不是吗？"

"是吗？"

"你问我，我问谁啊？"

"我也不知道该怎么回答啊。那您倒是说说，给我氰化钾的人到底是什么来头？你们查到他是谁了吗？"勇树试探道。

"查了个八九不离十吧。"

"您可真会刁难人。既然查到了，那就告诉我呗！"

"我说顶什么用，得让你说啊。"

"您说我就说。"

"行吧、行吧，那我可说了啊，你也得老实交代。"

"知道了、知道了，您就赶紧告诉我吧。"

"无名氏。"

"啊？原来十三年前的凶手就是这次的被害者？"惊叹的神

情。他确实是个演员,而且演技出色。

"嗯,不过你这么大惊小怪的,我可一点儿都高兴不起来。"

"哇,真带劲啊。要不把这个段子用在下一场戏里吧?"

"就是他吧?"

"啊?"

"说话要算数,你也得老实交代。当年给你氰化钾的就是那个无名氏吧?"

"才不是呢!当年那人的长相,就是我跟画画的女警描述的那样。那幅画看起来和他一模一样。"

与之前别无二致的笑,再次盖住他的面庞。

"不过您讲的这个故事真的很有意思,我对下文很感兴趣。"勇树再次试探。

"什么下文?"

"您怀疑无名氏就是当年给我氰化钾的凶手。十三年过去,这回轮到我杀他了,对吧?"

"对。"

"那我是什么时候、在哪儿跟无名氏重逢的呢?"

"哦,这个已经查出来了。在去O县前不久,你们不是还去V县演过《吸血鬼》吗?我问过你们剧团的人。你们在V县的时候,也跟我几天前看见的那样,去河边开嗓练声了,不是吗?"

"对啊,没错。"

"你练声的时候，住在帐篷里的无名氏恰巧经过。当然，他没认出长大成人的你，你却一眼就认出了他，凭他的体形和脸上的疤。"

沉默片刻。

"哦……确实天衣无缝。可我还是不明白啊，如果您说的都是真的——"

"可不就是真的吗？"

"才不是呢，我就是在假设啦。就算那个无名氏就是十三年前的凶手吧，可我为什么要杀他呢？"

不打自招："你有很充分的理由啊。"

"啊……？"

"报杀父之仇。"

"哦……确实，也对。"勇树完全没考虑到这一点。

矢代略向前坐："但事实并非如此。你杀他，其实是因为他企图加害你最爱的妈妈，不是吗？"

勇树眼眸微颤："这话是什么意思？我怎么听不懂呢，矢代警官？"

"事情是这样的。在十三年前的那一天，无名氏在儿童公园给了你一些氰化钾，说那是一种神奇的药粉，能去除脚臭味和酒气。但无名氏没提你爸，他说的是药粉能让你妈不再满口酒味。"

"啊？！"

"听说你妈也会喝酒。"

"嗯,偶尔喝喝。"

"无名氏告诉你,女人稍微有点儿脚臭和口气都会很介意的。换句话说——"

"无名氏想杀的是我妈。"

"回答正确!无名氏看上了你妈,却被一口拒绝,于是便怀恨在心。"

"真有过那种事?"

"你妈当年打工的那家餐馆还勉勉强强开着呢。你知道吗?"

"不知道。"

"我给老板娘看了无名氏的照片。那伤疤和身材太有辨识度了,老板娘果然还有印象。你妈长得漂亮,很多顾客都对她有意思,听说那无名氏当年追得可积极了。"

"嚯……"

"当年警方重点调查的是你爸的仇家。也怀疑过你妈为了保险赔款跟坏人合伙杀了你爸。可谁都没想到,作案动机是对你妈的怨恨。因为你擅自调整了无名氏的计划,杀了你爸。"

勇树再度后仰:"别、别、别急着下定论啊,矢代警官。我干吗要杀我爸呢?"

"和你杀无名氏的理由一样,因为他是你妈的敌人。听说你爸喝醉酒的时候经常家暴。"

"嗯，是有这么回事……"

"所以啊。你杀了他，因为他是你妈的敌人。你想通过这种方式独占妈妈。"

"独占？"

"对。我小时候也是个妈宝，还挺理解你的。"

勇树突出下唇，做了个鬼脸："今天您都不开玩笑了。"

"好歹是上班时间嘛。"

"我承认。"

"当真？"

"不是承认杀人啦，我确实很讨厌我爸。"

"哦。"

"不过您的假设有点儿说不通哎。"

"哪里说不通？"

"我哪知道无名氏给的粉末是毒药啊？如果我相信药粉能去除妈妈的脚臭和口臭，不是应该按无名氏说的把药粉撒进她的饮料里吗？"

"你家的猫呢？"

"啊……？"

"你爸出事那天傍晚，你妈不是找了那猫好一阵子吗？"

"啊……对，是有这回事。"

"昨天我问过你妈，她说那猫就没再回来过。"

"是啊。"

"它被你毒死了吧?"

"啊?"

"啊,抱歉、抱歉。那应该算意外吧?"

"我怎么越听越糊涂了呢?"

"那我从头说起。你一直都很讨厌猫砂盆的臭味。机缘巧合之下,你得到了一种能去除臭味的神奇药粉。得了这么个好东西,当然要试上一试了。于是往妈妈的鞋子和饮料里撒药粉之前,你先在别处尝试了一下。你家的猫砂盆是不是放在主屋和库房之间的空地上?你把药粉撒在了猫砂上。过了一会儿,猫过来上厕所了。人和动物会通过尿液排酸,让体内环境保持碱性,所以尿液是弱酸性的。于是药粉和猫尿发生了化学反应,生成了氰化物气体。哪怕是人,吸上两大口也会一命呜呼,猫就更不用说了。这时你才意识到,胶卷盒里的白色粉末其实是很厉害的毒药。"

"……"

"所以你调整了无名氏的计划,决定毒死你爸。"

"……"

"再不吭声,你就要输喽。"

"啊……?"

"我们不是在玩游戏嘛,游戏。"

"哦,对……那我问您,我当年才八岁啊,这么小的孩子怎么会有杀意呢?"

"有的。"

"啊？……"

"不就是杀意吗？小孩子也有的。"矢代垂眸望向自己的手掌。妹妹发辫的触感至今鲜活。

"您的推论未免也太牵强了吧？再说了，八岁的时候犯罪也不用负法律责任吧？"

"二十一岁的人犯罪就得负责了。"

"都说了我没杀他，我哪来的动机啊？"

"怎么没动机了？无名氏可是企图害死你妈的人。"

"那也不能光凭这个就说是我干的吧？而且我刚才不是说了，那人是星期六死的，而我那天上午在O县演吸血鬼。从O县去V县要足足三个小时，根本来不及。多完美的不在场证明啊！"

"不算数。"

"为什么？"

"因为你知道一个轻轻松松制造不在场证明的方法。"

"啊？"

"毒死你爸也就算了，反正他也不是什么好东西。无名氏企图杀害你妈，死了也是罪有应得。可是啊——"矢代拍案而起，"你这挨千刀的畜生！为什么要利用无辜的孩子！"

勇树瞠目结舌。

"说！孩子是哪儿找来的？岸边的儿童公园吗？跟毒药一起

塞到他手里的是糖果还是钱？过瘾吗？回答我！把孩子用作杀人工具过瘾吗?！混账东西！跟你爹和无名氏一起下地狱去吧！"

死寂中忽闻巨响，照出两张笑脸的镜子摔得粉碎。

眼前的勇树脸上，早已不见笑容的残影。

他既没有悲伤，也没有心痛。他从头到尾都没有戴过微笑的假面。一直以来，他都以真面目示人，浮现在他脸上的也是真实的微笑。

他跟我不是一路人——

矢代坐回原处："抱歉、抱歉，吓着你啦？哈哈哈，我早就想试试看了。"

"……"

勇树的眼眸已被惧色主宰。

"嗯？不吭声啦？那我要计时喽？"

"……"

"一、二、三、四。"

"……"

"哎，真哑巴啦？再不说话就要输喽——五、六、七。"

"……"

"八、九、十。"

矢代笑容满面："你输了。安慰奖一份，跟我兜风去吧。"

黑白片的反转

1

10月1日，全县秋雨霏霏。

昨天还是万里无云的大晴天，气温足有三十多摄氏度。F县警本部大楼甚至启动了歇了五天的空调。谁知才晴了一天，夜半飘起的秋雨便将酷暑的记忆冲得一点儿不剩。

本部大楼五层，刑事部搜查一课的大办公室。唯有课长办公桌所在的角落被匆忙笼罩。重案一到三班尽数出动。其中两个班刚走不久，搜一课长田畑的视网膜上还留有他们杀气腾腾的残影。毕竟是雨天，窗外已是昏黄一片。下午5点，案发的消息传来。

一家三口被人捅死。田畑翻着字迹潦草的资料册，小跑着赶往楼层深处的部长办公室。

"报告！"不等屋里的人回应，田畑便推门而入。办公桌后的尾关部长也一脸急切地站了起来，绕去沙发。

两人面对面坐下，表情凝重。尾关率先开口道："验尸官和机动鉴证组到了吗？"

"应该快了。"

"先讲讲目前了解到的情况。"

"好。"田畑低头看向手头的资料。

"案发现场是W市深见町的民宅。一对夫妇和他们的独子被人发现死在家中。"

尾关伸手捞来资料。

死者：

弓冈雄三（男 三十六岁）

弓冈洋子（女 三十二岁）

弓冈悟（男 五岁）

"深见町……算W市的郊区吧。"

"对，就是合并前的深见村。听说既有老宅子，又有新小区，跟城乡接合部似的。"

尾关抬眼看向田畑："死者弓冈是干什么的？"

"不清楚。他对外宣称自己是拆卸工，但一年到头都泡在麻将馆里。"

"本地人？"

"不，原籍O县。他们一家三口住的房子原本是洋子父母名下的，弓冈可能是像上门女婿那样住进了洋子家。"

尾关轻哼一声，愤愤不平："怎么发现的？"

"深见町派出所的南巡查长在巡逻的时候发现的。他昨天傍晚去过一次，今天中午刚又去敲了敲门，可都没人应。4点半再去的时候，才发现前门没锁。开门一看，就——"

"所以片区认为案发时间是昨天？"

田畑点了点头："死者家的信箱比较大，一眼看不出里面有什么。片区的人打开一看，发现今天的早报还在。"

可以大致推测出案发时间在早报送到之前。

"当地派出所的人是昨天几点去的？"

"说是下午4点左右。"

"能否假设当时那一家三口已经死了，进一步缩小案发时间的范围？"

"应该可以。南巡查长说，他当时看到两辆车都在家，就觉得不太对劲。"

"昨天的晚报不在信箱里？"

"弓冈家没订晚报。"

尾关在资料的空白处记了两笔，看向田畑："等验尸官赶到，应该能给出更精确的时间范围。今天来得及做尸检吗？"

"来不及，大山教授已经下班了，要等到明天早上。"

尾关不禁咂嘴："确定是被捅死的？"

"确定，凶器也已查明，是原本放在被害者家厨房里的菜刀。刀就沉在放了水的浴缸里。"

"沉在浴缸里……？"

"凶手行凶后好像在浴室清洗过溅到身上的血,刀可能就是在那个时候被他扔进了浴缸。"

"凶器是现找的……姑且可以定性为激情杀人。"

田畑默默点头。

尾关翻了翻资料,皱起眉头:"至于犯罪经过……你这字怎么还是跟鬼画符似的?示意图也画得一塌糊涂,这谁看得懂啊?"

"对不起。据推测,凶手最先杀害的是弓冈雄三。弓冈的尸体趴在厨房餐桌边的地上。种种迹象表明,案发前他很有可能坐在桌边与凶手交谈,凶手身后不远处就是水槽。后来双方爆发争执,凶手抄起水槽边的菜刀实施犯罪。弓冈好像是腹部和背部被刺中数刀,更具体的得等尸检结果。"

"弓冈刚死,老婆孩子就回来了?"

"可以根据现场情况得出这个结论。妻子洋子死在厨房和走廊的交界处,背对厨房,身子蜷缩。不难想象,她刚回到家走进厨房时,就看到了丈夫的尸体和凶手,吓得转身就跑,背上却还是被凶手捅了一刀。她把孩子紧紧护在怀里,但凶手从正面捅了孩子的腹部一刀。"

尾关吐出一口浊气:"因为孩子看见他了?"

"有可能。"

"连五岁的孩子都不放过……"

"是啊。"

尾关把资料推回给田畑，仿佛那是什么脏东西："派了三班？"

"我也派一班去了。"

尾关一怔："为什么？"

"我觉得刚开始还是多投入些人手为好。"田畑抛出早已准备好的台词。

他不是不理解尾关的疑虑。轮流接案子是重案组的大原则，案件会按照发生的顺序自动分配给一班、二班和三班。眼下楠见领导的二班正在调查E市的独居老人被害案。照理说，这起灭门案会被分配给三班，一班则原地待命，待下一起案件发生再出动。然而——

田畑吐字用力："毕竟死了三个人，性质恶劣，情节严重，而且管深见町的W警署规模太小，总共还不到四十个人，有刑侦经验的人更是寥寥无几，没几个人帮得上三班的忙。"

"就算是这样，也不能同时派出一班和三班吧？"尾关却不接受田畑的解释，"是不是太草率了？本部都没留人，万一发生了新案子怎么办？"

田畑却没有退缩："我跟朽木说了，一旦有新案件发生，一班就立即撤回来。"

"关键不在这儿。"尾关盯着田畑的眼睛。那是他说真心话时特有的神情。

"别人不清楚，你还不清楚吗？问题在于配合。一班和三班势同水火，剑拔弩张。让他们查同一起案子，不吵起来才怪了！"

"分工的问题我也叮嘱过了。三班为主，负责案发现场与被害者的社会关系。一班为辅，负责周边走访。"

"你当他们会听吗？"尾关眼梢一吊，"那可是朽木跟村濑啊！他们会乖乖回答'遵命'，然后老老实实按你安排的分工来吗？"

"这也在我的预料之内。他们都是竞争越激烈就越能发挥潜力的人。我相信一加一能变成三，甚至是四。"

尾关抱起胳膊，整个人埋在沙发里："一加一搞不好都到不了二，甚至小于一。"

"我们应该寄希望于前一种可能性。一个本该在明年上小学的孩子被人活活捅死了，全力侦破此案就是我们应尽的责任，不能让F县警最强大的一班闲着。"田畑的每一句话都发自肺腑。

2

雨刮器拖着老化的橡胶，费力地拨开粘在挡风玻璃上的雨滴。躲在厚重雨云之后的太阳怕是已经落山了。开着远光灯的重案组警车沿着县级公路向东疾驰，红色警灯在刺耳警笛的伴奏下转动不止。

"还不快闪开！"手握方向盘的田中准备超越前方不远处的小巴。车载通用无线电中净是关于灭门案的通话，近乎嘶吼的对话，激得田中越开越猛。

副驾驶座的朽木抱着胳膊，睥睨前方的水雾，看着车开进了商店街。

"田中，开慢点儿。"

"可是班长，要是被三班抢了先——"

"案发现场又没长脚。"说着，朽木将目光投向马路左侧的绿化带。

二十三年前的光景历历在目。穿蓝色长裤的幼童、柏油路面上血肉模糊的尸体、母亲的尖叫……出事那天和葬礼当天都下着蒙蒙细雨。白色的棺材，小得像个玩具盒。

田中知晓班长的过去。他沉默不语，脚下的油门却分毫不松。因为这起案件着实重大，离W市的案发现场只剩不到一千米了。

朽木把手伸进口袋，因为手机响了。

"班长，大事不妙啊！"电话是森打来的。森与朽木他们在总部大楼的地下停车场同时上了车，但森和矢代的那辆车伴随着轮胎的刺耳噪声蹿到了前头，尾灯也早已淡出朽木的视野。

"慌什么？好好说！怎么了？"

"我们刚到，可三班到得更早，把现场给占了。村濑班长已经带人进了弓冈家。对不起！"

"邻居家呢？"

"左右两边也被他们占了。"

"拿下前后两家，还有派出所的人。"

"收到！"

朽木挂了电话。田中侧目道："森他们到晚了？"

"好像是。"

"一群蜗牛……！"田中咬牙切齿道，手掌猛推方向盘。他已是双目充血，审讯员应有的冷静荡然无存。

"这下主导权就在三班手上了。"

拿下被害者家，就意味着拿下了被害者的手机和便签笔记。在近年的案件中，通过手机锁定嫌疑人的概率极高。

"随他们去。"朽木注视着前方说道。

"可——"

"只要一班动了，案子就是一班的，不是吗？"

座位上的田中挺直腰板："没错！"

"那还有什么好急的？看前面，专心开你的车。"

"收到！"田中点了点头，却又趁朽木不注意时徐徐踩下油门。

3

明明开了灯,房中却依然昏暗。

村濑站在弓冈家的走廊上听验尸官户泽讲解情况,离母子二人的尸体大约三米远。

"三人的遇害时间非常接近,这说明老婆孩子是弓冈雄三遇害后不久回来的。三人的直肠温度均已降至室温,尸僵也已开始缓解。角膜重度混浊,不能透视瞳孔。皮肤也已相当干燥。此外——"

"什么时候死的?"村濑摆出"无须讲解"的表情,催他给出结论。

"大概是死后一整天到一天半的样子。"

村濑暂停记录,低头看表:"现在是10月1日下午6点,也就是说,遇害时间是9月30日下午6点之前?"

"没错。"

"尸僵的进展速度不是有很大的个体差异吗?"

户泽听出村濑语气中的怀疑,一脸不爽道:"尸体有三具,能取平均值。"

"角膜重度混浊不是死亡两天以上才有的尸体现象吗?"

"看见没,"户泽指着母子二人的尸体说道,"两个人的眼睛都睁着呢,所以才混浊得这么快。"

村濑默默点头,在心里给刚就任验尸官的户泽打了个及格分。

不过，办案与研究是两码事。

"死后一天到一天半，上限是昨天早上6点。范围这么宽，根本派不上用场。就不能再精确点儿吗？"

"也、也是……"户泽开始频频眨眼。不难看出他在竭力维持堂堂警视的形象。

"现阶段还不好确定——"

"您就给个痛快吧。"

"嗯……综合尸斑和各方面的情况，大约是死后二十四小时到二十九小时吧。"

村濑夸张地点了点头。

验尸官推测的遇害时间是昨天下午1点到6点——派出所的南巡查长在下午4点来过一趟，但没人应门，所以范围还能再缩短两个小时，精确到下午1点到4点。可以大致认定被害者死于午餐后。等明天做了尸检，查明了胃内容物的消化情况，就能得出更精确的遇害时间。

村濑抬头问道："死因是失血过多？"

"两个大人是的，孩子应该是中刀时休克而死。"

"弓冈有没有反抗？"

"双臂内侧有十五处防御性伤口。他要么站在挥舞着刀子的凶手面前，要么是脚一软坐在了地上。他被捅了五刀，背上一刀，腹部和胸部各两刀。"

"追他老婆的人不少吧。"

这话来得突然，惊得户泽直翻白眼。察觉到村濑的目光落在自己身上，他才慌忙转向母子二人的尸体说道："是、是啊。死了都不难看，活着的时候肯定是个大美女。"

好不容易才挤出这句话来，他还不习惯跟尸体打交道。

村濑不易察觉地微微点头致意，转身走开。

"石上！"他吼了一嗓子。起居室里有人应了一声。片刻后，石上面无表情地现身走廊。

"您叫我？"

"电话查得怎么样了？"

"吉池那儿还没消息。"

三班派小将吉池前往电话公司，调查固定电话的通话记录。弓冈夫妇都没有手机，所以拿下固定电话数据便成了当务之急。

村濑小心翼翼地在弓冈家转了一圈，以免破坏检材。

每个房间都没有被翻动过的迹象。虽有一条从厨房到浴室的血脚印，但大小和形状都难以辨认，许是凶手用抹布之类的东西擦拭过。

"有指纹吗？"村濑逮住一个擦肩而过的机动鉴证组员问道。

"采到了很多，但还不清楚有没有凶手的。"

"浴缸里的菜刀呢？"

"没采到。"

"水槽和桌子呢?"

"好像被擦过,连弓冈的指纹都没有。"

"重点查镜子周边。洗脸台的,梳妆台的,还有玄关墙上的。因为凶手逃跑前肯定会照镜子检查脸上和衣服上还有没有血。"

话虽如此,村濑几乎已对采到指纹不抱希望。

走去玄关,下到院子,植物球根在屋檐下堆成小山。刚到弓冈家时,他就已经注意到了。

见村濑现身,在院子中央旁观鉴证人员干活儿的东出走了过来。雨滴在棒球帽的帽檐上跃动:"据说是郁金香的球根。"

"是个人都能看出来。"村濑没好气地说道。因为他从东出说废话的神情中读出了谄媚。

村濑移开目光。路边的花坛以砖砌成,面积相当大,却是黑压压一片,好似刚收割的农田,不见花朵与绿叶。眼下正好是种花的季节,家里人许是打算在花坛里种满郁金香。

东出又凑了上来:"听说弓冈家是出了名的爱种郁金香,后院里也种了不少,但路边的那座花坛只种白的,所以街坊邻居都管这房子叫'白宫'。"

村濑冷哼一声:"是洋子的兴趣爱好?"

"好像是。"

村濑没有理会他的回答,目光扫过地面:"这场雨一下,脚印是指望不上了吧?"

"是啊，到现在一个像样的都没找到。"

"街坊邻居那边怎么说？有人听到昨天下午的动静没有？"

"不凑巧，左右两边的昨天都不在家。"

村濑望向对面的人家。四米宽的马路后有一道格栅，格栅边有一间库房，再后面便是两层高的主屋。

"对面呢？"

村濑这么一问，东出顿时神情一僵。

"怎么了？说。"

"呃……一班的人进去了。"

村濑目眦欲裂。

"蠢货！我是怎么提醒你们的？一班就是群白蚁，一刻都大意不得。放进来一只，都会把整个案子吃得渣也不剩！"村濑迈着烦躁的步子回到房中。

东出紧随其后。见东出脸色潮红，起居室里的石上微微勾唇。但他很快收起了笑意，用目光追踪村濑的一举一动。东出亦然。分散在各个房间的三班成员齐聚一堂。

他们在等班长的"第一句评语"——看到案发现场后的第一印象。

村濑盯着怀抱五岁的幼子瘫倒在地的洋子看了许久，幽幽道："单看结果，是不折不扣的恶鬼行径，可我愣是闻不出来……闻不出疑犯的强烈个性。"

4

"有人看见了逃离现场的车。"

朽木刚走进弓冈家对面的民宅,等候已久的森便对他耳语道。目击者是这户人家的长子安田明久。

"人在家吗?"

"在,就在主屋外面的暗房。"

森语气兴奋,立刻给朽木带路。安田就读于某摄影专科学校,紧挨着格栅的库房就是他的暗房。

推门进屋,只听见遮光帘后传来阵阵笑声。矢代正用他最擅长的冒牌落语笼络证人。朽木拨开帘子,矢代和一个娃娃脸青年齐齐扭头。暗房的面积不过三叠,很是拥挤。扩印机、装有显影液和定影液的瓶瓶罐罐,还有街角速写风格的黑白照片与底片挂在沿墙拉起的铁丝上。这间屋子似乎没装空调,但墙边的地上摆着一台风靡一时的立式冷风机。多亏了它,小小的暗房才不至于闷热。

"麻烦你讲讲当时的情况。"朽木话音刚落,安田便面露不爽,那表情仿佛在说"还要说一遍啊"。一旁的矢代连忙双手合十劝道:"最后一次!"

"好吧、好吧,我说就是了。"安田苦笑着说道。

矢代迅速起身,给朽木让座。

"呃……昨天下午2点过后,我在这儿冲照片的时候突然听见了人的喊声,像是女人的尖叫。"

听到了女人的尖叫……？

"我急忙透过洞口往外一看,就看见——"

朽木抬手打断:"等一下,洞在哪儿？"

毕竟是暗房,这间屋子的窗户都用黑色厚纸封住了。乍一看并没有能看到屋外的洞。

"又要演示一遍了啊……"安田不耐烦地说道。他朝墙走了几步,弯下腰,握住一根塑料软管。塑料管的一头连着冲洗照片时使用的水槽,另一头伸向墙壁下方。

"这是根排水管。"

安田边说边拽水管。只听噗的一声,管子被他拽了出来,于是墙上就多了一个直径约三厘米的洞,离地约三十厘米。

安田双手撑地,歪着脑袋,摆出很费劲的姿势,把一只眼睛凑到洞口。

"就是这么看的。"

"看到什么了？"

"什么都没看到,白茫茫一片。"

"什么意思？"

"一辆白车停在了洞口正前方。"

朽木点了点头。换言之,当时有辆车停在了安田家的格栅边。他还记得格栅是金属材质,几乎起不到遮挡作用。

"车是什么时候来的？如果你当时在这儿,应该能听到动静吧？"

"嗯，听是听到了，但具体的时间就……我刚才也跟矢代警官说了，大概是听到尖叫的半小时前吧。"安田的语气并不自信。

朽木再次点头："那就说回正题。洞口望出去是白茫茫一片。然后呢？"

"我竖起耳朵听了一会儿，却什么都没听见。我还当自己听错了呢，就印起了照片。过了十到十五分钟，又传来了一串脚步声，像是有人在往这边冲。嗒嗒嗒的，很急促的感觉。所以我又往外看了几眼。就在我拔管子的时候，车门关了，发动机也启动了。刚把眼睛凑上去，车就开走了，原本白茫茫的视野一下子就开阔了。"

"当时你看见什么了？"

"马路，还有马路对面弓冈家的院子和门口，和平时没什么两样。"

"没有任何异常？"

安田噘嘴道："要是有，我昨天就告诉派出所的警察了呀。没什么不对劲的，周围也很安静，所以我也没当回事，继续冲照片了。"

朽木怒火中烧。女人的尖叫，慌忙开走的车，这么可疑的两件事接连发生，这人怎么就没冲出暗房看一看？

"你倒是够淡定的啊。"

"因为——"安田看向一边,似在求救。矢代嘿嘿傻笑,以示安抚。

"谁知道会出这种事啊?又不是拍电影。"

朽木没有点头,继续发问:"你在2点之后听到了尖叫?"

安田使出浑身力气瞪了朽木一眼,却又叹了口气,很是不爽地回答:"我是这么说的,可我也不敢确定。"

"为什么?"

安田又看了看矢代。

"你们是在审我吗?亏我抽时间配合你们工作……"

"回答我。"朽木凶神恶煞地一喝,吓得矢代都不敢再嬉皮笑脸了。

安田周身一颤,嗓音都发尖了。

"啊,呃,我是1点不到进的暗房,忙活了好一会儿才听到了声音,所以我觉得可能是2点以后,搞不好快3点了。那天我忙到5点之后才走,哪还记得钟点啊……"

"就没看钟吗?"

安田将惊恐的目光投向桌面。钟倒是有,乍看像闹钟,其实是冲洗照片时用的秒表,不会显示几点几分。

"关门声就一下?"

"对,跑过来的人应该也只有一个。"

"穿的是皮鞋?"

"这……像皮鞋,也像凉鞋。"

"车的响声还记得吗？"

"啊？车的响声还能有好几种吗？"

朽木微微点头："发动机不同，发出的响声自然也不一样。"

"那您问错人了，我可听不出来。我专搞摄影，对车一窍不通。"

"车门的响声呢？听着是轻是重？"

"您可饶了我吧，我对车是一点儿兴趣都没有，突然听到那么一声，哪里分辨得出来啊？"

朽木缓缓起身，走到墙边，学着安田的样子，弯腰凑近那个洞。

有种透过纸卷看东西的感觉。天色已晚。太阳早已落山，雨丝也挡住了视线，只能隐约看到弓冈家门口的灯光，外加两道人影。个头大的那个许是村濑。

朽木直起身，望向安田："明天你配合我们做个实验。"

"实验……？"

朽木没有多费唇舌，回头看向森。由于暗房太小，装不下四个人，森正打着伞站在敞开的门外。

"谁盯着派出所？"

"殿村。"

"我这就去。田中呢？"

"在周边走访。"

朽木转向矢代:"你跟我走。"

朽木离开暗房。走到森身边时,他停下脚步,把脸伸到伞下,低声说道:"好好审审这个玩相机的小子。毕竟他没有不在场证明。"

"明白。"

朽木在雨中一路小跑。矢代跑到他前面,打开副驾驶一侧的车门,请他先上。

5

吉池刚从电话公司回到弓冈家。

"班长——"

"等等。"村濑的目光落在窗外。他盯着朽木与矢代的那辆车远去的方向,喃喃自语:"他们去派出所了……"

"班长,我可以汇报了吗?"吉池意气扬扬。

"哦,怎么样?"

"被害者家的固定电话这三天里只用过两次。"

村濑的小眼睛染上了好奇之色:"噢……是从这儿打出去的,还是别人打进来的?"

"都是这儿打出去的,分别是前天晚上8点13分和8点19分。"

"只隔了六分钟……不会是打给了同一个人吧?"

"不,打给了不同的人,但两个人都住深见町。"吉池边说边掏笔记本,翻到做了记录的地方。村濑不客气地凑了上去。

深见町三丁目二番十八号,久米岛良夫,三十二岁。

深见町一丁目五番十二号,持田荣治,三十二岁。

"都是三十二岁?"说完这句话,村濑咧嘴一笑,"被害者弓冈洋子也是三十二岁,他们三个该不会是同学吧?"

"很有可能,已经让三谷去核实了。"

"久米岛和持田分别是干什么的?"

"哦,已经查过了,"吉池急忙翻看记录,"久米岛是初中老师,持田是架子工。"

"成家没?"

"都成家了。"

村濑紧了紧皮带扣,似是在给自己打气:"那就去会会他们吧。"

"现在就去?三谷还在走访……"

村濑的笑容荡然无存:"糊涂!这是个分秒必争的案子,晚一秒都有可能被一班抢走!"

6

烟雨模糊了圆形红灯的轮廓。从案发现场开车去深见町派出所只需三分钟左右。

"二位辛苦了！"白发苍苍的南巡查长站得笔直，与妻子一同迎接朽木与矢代的到来。妻子穿着一件大围裙，许是正在派出所后面的宿舍为众人准备饭菜。

朽木慰问了一番，让他们忙自己的事情，自己则端坐于工作区的办公桌前，叫来殿村。殿村是一班的骨干，当刑警已有十年。朽木派他提前过来跟南聊一聊，打听打听只有本地派出所的人才知道的内情。

"有收获吗？"

"有一些，"殿村拽来不远处的圆凳坐下，"首先是被害者弓冈，据说十来年前，他在老家O县因为小额诈骗被抓过。"

"据说？"朽木眼梢一吊。

殿村赶忙补充道："田中主任正在核实。"

"还有呢？"

"老南说，弓冈来这边以后，也因为偷东西被人扭送到警署过。"

"偷什么了？"

"一个甜面包，后来微释了。"

微释，就是情节轻微，以署长权限释放的意思。

"听着像个寒酸的小流氓啊。"

"是的。哥哥介绍他做的拆卸工作也不好好做，天天泡在麻将馆里。听说他以职业牌手自居，但总的来说是输多赢少，所以到处借钱，债台高筑。妻子洋子在花店做兼职，却也是杯水车薪。末了他居然让洋子也去借钱。"

朽木犀利的目光投向殿村："高利贷？"

"不，就问朋友熟人借。弓冈大概是知道高利贷不好对付，找妻子的熟人借倒还好赖账。"

朽木咂嘴。典型的软饭男，一肚子坏水。

"他老婆倒是对他死心塌地。"

"弓冈长得还不错，关键是嘴甜。"

"老婆的风评如何？"

"老南说洋子长得漂亮，还没架子，所以口碑很好。大伙儿见她找了那么个男人都直皱眉头，但男女之间的事情谁说得清呢？"

朽木点了点头："还有别的吗？"

"大概就——哦！"殿村轻拍膝盖，"还有个值得注意的情况，说埋在学校的时间胶囊[1]被人给挖了出来。我正要细问呢，您就来了。"

"叫他过来。"

---

1 日本中小学校流行的活动道具，指将物品或信件放入密闭容器（常为铁盒或罐子）后埋入地下，供多年以后的自己或他人回忆或阅读。

殿村扭头对里屋喊了一嗓子。南巡查长小跑过来,身上还系着围裙。不难想象,他是在给妻子打下手。

"您有什么吩咐?"他的表情和身体都很僵硬。

"坐吧,我们就是想了解一下时间胶囊是怎么回事。"

南坐在圆凳上,咽了口唾沫:"是这样的,埋在深见小学操场角落里的时间胶囊被人偷偷挖了出来。学校就在我们派出所西面三百多米的地方。"

"被人偷了?"

朽木的注视,让南的喉头再次咕嘟一响:"是的,只剩了个盒子,里面的东西都不见了。那人倒是把盒子埋回了原处,但挖过的那块儿地方土很松,又下了雨,所以有个孩子被绊倒了——"

"什么时候的事?"

"啊……?"

"知道时间胶囊是什么时候被人挖出来的吗?"

南脑袋一缩:"这、这我也不太清楚,不过学校的老师是今天下午发现的。老师们都说,那块儿地昨天还没什么异常。"

朽木抱起胳膊。换言之,时间胶囊也有可能是在案发后被人挖了出来。

"原计划埋几年?"

"哦,原本是要埋二十年的,明年春天挖出来开封。"

朽木凝视着半空:"弓冈洋子是深见小学毕业的?"

261

"是的。"

殿村插嘴道:"二十年前她刚好是六年级,对得上。"

朽木点了点头,看向南问道:"胶囊里都有什么?"

"老师让全校学生写的作文,一年级到六年级的都有。题目是《我的梦想》《致二十年后的我》之类的。"

思索数秒后,朽木说道:"洋子也问老同学借过钱?"

"借她钱的几乎都是老同学。"

"有男的吗?"

"全是男的。八成是弓冈出的馊主意。洋子当年可是校花,弓冈大概是觉得男同学肯定愿意借给她。"南越说越激动。

朽木在脑海中勾勒出一个躲在被窝里瑟瑟发抖的胆小鬼。杀害一家三口的凶手挖出了深埋地下的时间胶囊。这条线索值得一查。由于过度惧怕被捕和坐牢,为抹去一丁点儿蛛丝马迹盲目行动,最终自掘坟墓……这样的罪犯,老刑警都多多少少遇见过几个。

半个月前在M看守所被处决的一名罪犯就是如此。他瞒着老婆找了个相好,谁知相好在和他幽会时因心脏麻痹猝死在了车内。他便在尸体上拴了重物,从码头扔进了海里。尸体明明没有被发现,他却三天三夜睡不着觉。因为他想起自己给过相好一张便条,上面写着下次幽会要去的酒店。于是两天后,他在夜深人静时溜进了相好的父母家,却被家里人发现了。最终,他杀死了相好的父母与姐姐、姐夫。夺走四条人命,不过是为了一张小小的字条。

凶手在时间胶囊里的作文中吐露了对洋子的淡淡情愫，兴许还厚着脸皮说"长大了要娶她回家"。不，他在作文里写了什么其实并不重要。只要凶手认定作文会对自己不利，轻飘飘的纸片便会化作恐惧的源头。他无论如何都不能放过这个有可能让他万劫不复的"污点"。

不难想象，凶手定是挖得心无旁骛，仿佛刨地的狗，却浑然不知他挖的是自己的坟墓。

"谁借洋子的钱最多？"

朽木停顿片刻后才抛出这个问题。南起初还斗志昂扬，但很快就可怜兮兮地打蔫了。

"呃，具体的我也不太清楚……非常抱歉。"

"没关系，这是我们的工作。"

朽木转向矢代。矢代正兴高采烈地看着这边。

"去，把洋子上小学那几年的学生名单和纪念相册找来。"

矢代中气十足地应了一声，转身冲进雨中。天知道他喊的是"遵命"还是"好嘞"。

朽木看回南巡查长："你们辖区总共有几户人家？"

"一百一十八户。"

"知道每户人家的车是什么颜色、什么型号吗？"

南昂首挺胸，誓要扳回一局："那是当然，每一辆都清清楚楚。"

7

下午6点过后,载着村濑的车正从深见町三丁目驶向一丁目。据说在初中任教的久米岛今明两天在G县参加教师排球大赛。

"三谷,就停那儿。"村濑一声令下,不再看膝头的住宅地图。

下车确认门口的铭牌。持田——就是这户人家。

围墙外停着一辆白色的旧版日产天际线。按下门铃,等待片刻后,一个娇小的女人打开前门,眉眼中透着强势。想必这位就是持田荣治的妻子。

"你先生在家吗?"

"你是哪位?"

"哦,我们是警察。不是出命案了吗?我们正在到处走访呢。"语气中"到处"二字加了重音。

等了好一阵子,一个染着银发、尖嘴猴腮的人皱着眉头走了出来。他脸颊微红,看来已经喝上了。

"你就是持田荣治?"

"是啊。"对方仍是一脸讶异。

"弓冈家的案子听说了吧?"

"嗯,吓死人了,真没想到会出那种事。"

村濑假装翻看笔记本:"对了,听说你跟遇害的弓冈洋子是老同学？"

"是啊，怎么了？"持田带着怒意反问道。

"前天晚上，洋子是不是给你打过电话？"

村濑不动声色地一问，持田顿时就变了脸色。村濑和三谷趁其不备收起雨伞，闪身进门。

持田脸上闪过畏怯之色。他看了看村濑，又看了看三谷，这才开口回答："是久米岛告诉你们的？"

村濑朝走廊努了努嘴："进屋聊聊呗。"

持田扭头看向走廊。回头时，脸上已写满了狼狈。

"家里太乱了……"

"我不介意。"

"我不想让老婆听见。"持田皱着眉头，低声说道。

村濑窃笑："为什么？"

持田目光游移："因为……哎呀，怎么说呢，洋子是打电话让我去拿利息来着。"

村濑把头一歪："我怎么听不明白呢？什么利息？"

"你们肯定已经听说了，我借了点儿钱给洋子。我老婆还不知道呢，所以……"

村濑在心中哈哈大笑："哦，这事儿我们确实知道。"

"你们可别误会啊。只怪她老公好吃懒做，也不出去挣钱。洋子哭着求我帮帮忙，我实在没辙，就借她了。就这么简单。"

"借了多少？"

"能不能别告诉我老婆啊？"

"拉钩？"

"好吧、好吧。呃……三十多万吧。"

村濑夸张地往后一仰："哇，够大方的啊。"

"每次借一点儿，日积月累就到这个数了。你们可别误会啊，借她钱的不止我一个。"

"包括久米岛老师？"

"是啊，他借得最多，怕是快五十万了吧。"

村濑环视一圈，视线又直直落在持田脸上："总而言之，就数你和老师借得最多呗？"

"这个嘛……差不多吧。"持田回答时留意着背后的走廊。

村濑攻其不备："毕竟洋子那么漂亮。"

"你、你可别瞎说啊，我跟她只是老同学。"

村濑大胆套话："你跟久米岛老师当年没少为她争风吃醋吧？"

"才不是呢。当年吧，是有过那么几段，但洋子被那个弓冈骗走以后，这事儿就算是彻底了结了。久米岛那家伙还念念不忘的，但我不一样，早就放下了。"

持田已是满脸通红。就凭几口小酒，怕是到不了这个程度。

村濑左右摆头，关节阵阵作响："说回前天晚上的电话。洋子要付你利息？"

"哦，不是、不是，她让我去她家拿点儿郁金香的球根。"

村濑颇感惊讶:"弓冈家确实有很多球根。她是想用球根抵利息吗?"

持田突然面露哀伤:"欠了我们这么多钱,她一直都很过意不去。兼职的地方一发工资,她都会一千、两千地还我一点儿。郁金香也是她的一片心意吧。久米岛应该都告诉你们了吧?洋子在电话里说'不好意思啊,我也只能用这种东西报答你了'。"

"于是你就去了?"

"去了啊,但洋子不在。她老公的车倒是在的,可按了门铃也没人出来。"

"你几点去的?"

"嗯……肯定过2点了。因为《阿秋有求必应》都播完了。"那是一档很受欢迎的广播节目。村濑想起了停在门外的白色天际线。换言之,持田开车去弓冈家的时候开着车载收音机。

下午2点在验尸官推测的遇害时间之内。村濑盯着持田的眼睛:"按了门铃却没人出来。然后呢?"

"我拿了点儿球根就走了。因为洋子在电话里说了,如果她不在,我可以随便挑几个看着不错的带走。所以我就照办了,挑了十个又大又沉的带了回来。"

"再然后呢?"

"带回来种下了啊,就种在前院的花坛里。我怕搁着不种会寒了洋子的心。"

村濑仍注视着持田的眼睛。眼前这个人,丝毫无法触动他的天线。

"打扰了。"村濑一个转身,却没有迈开步子,而是回头说道,"你也懒得一遍遍回答同样的问题吧?"

"啊……?是啊,这不是废话吗?"

"那回头要是有别的警察找过来,你就告诉他们——我都告诉村濑了,你们找村濑去吧。"

8

晚上10点,F县警本部大楼五层,刑事部长办公室。

尾关坐在办公桌前打着电话。沙发上的田畑心神不宁,不时偷瞄尾关的神色。

挂了电话,尾关走去沙发,面色凝重。

"署长打来的?"

"是啊,桂木那小子头都大了,说会议室里的气氛僵得跟殡仪馆似的,一班跟三班没一个人发言汇报。"

田畑咬着嘴唇,苦涩的失望感在胸口蔓延开来。

尾关继续说道:"听说他们都没睡在一处,一拨睡在武道场,一拨睡在礼堂。"

"……"

"瞧瞧,一加一还不到一。"

"可是——"

"可是什么?"尾关的眼神顿时就多了几分怒意。

"这下好了,片区的人都觉得是我们本部管不住重案组。这要是传出去,我就成全县的笑柄了!我被人笑话也就罢了,连令行禁止都做不到,岂不是要天下大乱了?"

"……"

"要是明天还这样,就让一班撤回来,听见没?"

田畑只得点头。

朽木和村濑。

这是田畑就任搜一课长以来,第一次对他们生出发自心底的怨恨。

9

第二天,10月2日。黎明时分,雨停了。

下午2点,朽木来到安田明久的暗房,手机举在耳边。

"到点了,停过来。"

"收到。"电话那头传来森的声音。片刻后,墙外传来汽车靠近的声响。

轻微的刹车声响起。虽然没熄火,但可以听出车已经停了。

朽木弯下腰,透过小洞往外看。

安田所言不假，狭窄的视野里确实白茫茫一片。

朽木对着手机说道："洞有多高？对着车的哪个部分？"

传来一阵下车的动静。

"呃……这取决于停车的位置，但应该对着侧窗下面的门板。如果停车的位置更靠前的话，就是翼子板内侧的上端。"

"洞离车身多远？"

"我贴得紧，所以很近，也就十五厘米的样子。格栅和暗房也是紧挨着的。"

朽木回头望去，只见安田站在后面，神情僵硬。

"你过来。"

"哦、哦……"

安田乖乖听话，与昨天判若两人，想必被森狠狠敲打了一番。森今天早上已经跟朽木汇报过了，说安田的供述并无自相矛盾之处。

"看出去是这个感觉吗？"

安田凑近洞口看了看："对。嗯……感觉光泽感还要再强一点儿。"

朽木把手机举到嘴边："车脏吗？"

"不脏，刚才还冲了一下。"

"外面是什么天气？"

"多云，没出太阳。哪里会晒到太阳倒是能看出来的。"

"角度和高度呢？光线会被库房的屋檐遮住吗？"

等到下午才做实验，就是为了明确这些细节。

"不会，阳光是从车的后面照过来的，不会被挡住。"

"再借几种白车来。灰白的、珍珠白的都要。"

"收到。"

朽木挂了电话，看着安田："听着。"

关门的声响传来。安田歪了歪头。

汽车发动的声响……安田的脑袋歪得更明显了。

朽木无声地呼出一口气。他心想，哪怕他重重吐出一口浊气，这个安田怕是也听不出来。

10

村濑凝视着对面的马路。

接连有车停在安田家的库房跟前，清一色的白色小车。

有人在案发时间段目击到了一辆停在库房跟前的白车——通过一班的动向推测出这一点绝非难事。问题是，一班到底想确定什么？车型？不，不是车型。刚停过来的第四辆车和第二辆是同款。他们到底在研究什么呢？

村濑继续观察，发现一班关注的是库房与车的间隙。莫非库房墙上有节孔之类的小洞，屋里人透过小洞目击到了一辆白车？

看着看着，村濑越发肯定自己的猜测。确实也只能用这个法子核实,不过一班这实验做得可真够坦荡的。换了我,肯定不光用白车,还要找几辆银色或红色的车混淆视线……刚想到这儿,便听见身后有人在喊。

东出递来手机:"班长,是赶去G县的须藤打来的。"

村濑举起手机:"哟,辛苦了。见着久米岛老师没有?"

"见着了,他确实来比赛了。"

"嚯……"村濑略显气馁。因为他内心深处有过这么一个念头,久米岛也许会以参赛为借口,就此远走高飞。

"他怎么说的?"

"他说他下午2点半左右去拿了郁金香球根。"

看来他比持田荣治去得晚。

"他描述的经过和持田基本一致。弓冈的车停在家里,按了门铃却没人出来。于是他就挑了十几个卖相好的球根回去了。"

"钱呢?"

"支支吾吾半天,最后承认借了洋子近五十万。"

"车呢?"

"啊?"

"久米岛的车。车型和颜色知道吗?"

"啊,我没问。"

村濑顿时抬高嗓门儿:"还不快去问!"

"收、收到。"

村濑合上手机,塞回给东出,转向凑近他的石上:"你那边怎么样？"

"目前已经查到了八个借钱给洋子的男同学。"石上的声音略显亢奋。因为东出就在一旁竖起耳朵听着。

"不过数额最大的还是久米岛和持田，他们一直都是洋子的跟屁虫。据说上初中和高中的时候，他们为了洋子争风吃醋，吵过好几次。"

"最可疑的果然还是他俩……"

村濑的手机响了。须藤气喘吁吁道："是日产玛驰！"

"就那种圆滚滚的小车？什么颜色的？"

"黑的。"

村濑不禁有些失落："他什么时候回来？"

"应该是今晚8点左右。"

持田开的是白色的天际线。照理说久米岛已经可以排除了，只剩持田一个。村濑却对此颇感不爽。

11

下午5点，深见町派出所。饭团和腌萝卜在桌上堆成小山。

森正在向朽木汇报工作。

"查到洋子和孩子遇害前去哪儿了，他们去了二丁目的小桥诊所。小桥院长说，孩子有点儿感冒，所以洋子带他去看了看，但没有当场付钱,求医院宽限她一个星期。据说她经常赊账。"

看来弓冈家已是穷困潦倒。

轮到田中汇报了:"洋子共有十七名男同学,其中八人目前住在本县。八人中有四人开白色的车。这四个人我们都找过了,问话记录麻烦您看附件。唯独一个叫持田荣治的架子工拒绝配合我们。"

"拒绝……?"

"他说'我都告诉那个叫村濑的了,你们问他去吧'。"

朽木眉头一跳,被三班抢了先。莫非村濑怀疑上了那个持田荣治?

朽木看向田中:"持田开什么颜色的车?"

"白的,白色的天际线。"

森气势汹汹道:"抓回来审!他脖子上又没挂三班的牌子!"

田中也帮腔道:"管他呢!谁能撬开嫌犯的嘴,谁才是最后的赢家!"

朽木陷入沉默。

"班长!"下属们异口同声道。

"这案子要是被三班抢了,我们一班的面子要往哪儿搁啊!"

"让我来审!保证拿下!"

朽木依次看向两名下属:"我还惦记着一件事。"

"啊？什么事？"

"暗房的洞。"

田中与森面面相觑，又同时看向朽木。

森代表二人抛出心中的疑惑。

"班长，您是怀疑安田？"

12

"在G县的时候我也说了，我确实借了些钱给洋子，前天也确实去她家拿了些球根，没别的了。我对案子一无所知。今晚我实在是很累。这么晚出门，老婆孩子也会担心的，请你们改日再来吧。"久米岛良夫在玄关深鞠一躬。

村濑犹豫不决。是抓回去审，还是今晚先撤？

村濑的五感全力支持他抓人。他感觉久米岛的气场很对，完全契合灭门案的现场。性情温和，彬彬有礼，眉眼透着清新的朝气。他肯定有强烈的正义感，也非常善良，就得是这种人才对味。一边惦记着昔日的梦中情人，一边小心翼翼地守着自己的小家。只有八面玲珑、没有个性的"好人"，才会造就那样的现场。一口气杀了三个或更多的人，寻常的凶手都会自暴自弃。他们顾不上处理尸体、破坏证据，而是撒腿就跑，一心只想远离现场。唯独有东西要守护的凶手例外。他在三具惨死在自己手下的尸体旁边，用抹布擦拭沾有血脚印的走廊。他还反复擦拭菜刀，抹去指纹。即便如此，他还是放心不下，便干脆把刀扔进了浴缸，上了最后一道保险。

村濑生出一种冲动，真想撂倒眼前这个温润小生，一把扯下他的脑袋。

然而，他还不敢百分之百确信久米岛就是凶手。就算村濑的第六感正中靶心，久米岛确实就是他们要找的嫌疑人——多年的经验告诉他，这种人比臭名昭著的暴徒更难拿下。

这种人进了审讯室以后必然会问"你们有证据吗"。

反之，若警方手握物证，或是找到了与物证说服力相当的"猛料"，这类人就会轻易招认。

村濑此刻却是既无物证，又无猛料，唯有隐忧。眼角的余光瞥见了久米岛的黑色玛驰。黑意味着清白，白才与有罪挂钩。黑白两色的拼图龃龉频出，难以吻合。

"那我先失陪了。"久米岛正要关门。

"郁金香都种下了？"村濑仍在犹豫，于是便用这个问题拖时间。警署已经备好了测谎仪，一班的动向也令人放心不下。虽说三班目前领先一步，可对手毕竟是那"青面修罗"，天知道他会在什么时候出手抢走久米岛。

"种在后院的花坛里。养到开花，也算是对洋子的祭奠吧。"久米岛清脆的嗓音与话语，让村濑起了一身的鸡皮疙瘩。

"不好意思，还是跟我们回——"话到一半，村濑的手机响了。东出来电。

"我在车站逮住了安田的父亲,问了个清楚。真被您猜中了。他说案发当天,他儿子在被改造成暗房的仓房里透过排水管的洞看到了一辆白车。"

果然是白车……

挂电话时,房门已然合上。

村濑长出一口气,凝视着久米岛的站姿留下的残影,久久未动。

13

W警署的会议室里落针可闻。

谁敢相信这间屋子里竟坐着五十多号人。桂木署长战战兢兢,不知所措。就在这时,验尸官户泽走了进来,公布了司法解剖的结果。

弓冈雄三的胃里有几乎没被消化的方便面与笋干,这意味着他在午餐后不久遇害。厨房的水槽里摆着一只盛面的碗。问题在于,弓冈是几点吃的午餐?没人看见,所以无法确定。

洋子和孩子的胃几乎是空的,只留下了少许被消化成泥状的面包,想必是母子俩的早餐。也许他们本打算回家吃午饭。总之,这两名死者在早餐后没吃过任何东西。

傍晚时分，三具尸体被送回家中，交还给亲属。桂木署长称，遗体告别仪式与葬礼将于明天在旧村民集会中心举行。

无人提问发言。本该有的进展汇报都寥寥无几。

一班与三班坐在会议室的两侧，沉默不语，泾渭分明，仿佛有人在房间中央画了一条警戒线。

14

第二天，晴空万里。

下午1点，朽木让下属开车去了旧村民集会中心，坐在副驾驶座观察会场的情况。乍一看，所谓的集会中心与普通民宅并无不同。肯定是本地政府买下了一栋无人继承的老房子，做了些内部装修。门口摆着若干花圈，挤不进会场的宾客在街上排起长队。

"啊，他们在那儿呢！"驾驶座[1]的森说道。

穿着丧葬公司制服的殿村与矢代混在宾客之中，不停地拍照。拍摄所有宾客的面部照片是警方惯用的侦查手段。

三班的三谷与吉池也在。两人身着礼服，悄悄按快门偷拍。

三辆灵车排成一列，抵达会场。快到出殡的时刻了。

手机响了。朽木看了看显示屏，是本部搜一课长的直通号

---

[1] 原文此处为副驾驶座，可能是作者笔误，结合后文应该是驾驶座。

码。昨晚的搜查会议结束后，朽木接到了田畑课长下达的撤退命令。

他干脆关机。

"怎么办？"森的语气很是焦虑。

"还能怎么办？人还没抓到呢。"朽木盯着灵车，厉声说道。他眯起眼睛，似是觉得阳光刺眼。

刹那间，天旋地转。放在脑回路中的几个单词纵横交错。

暗房……底片……黑白……白车……

朽木闭上眼睛。在短短数秒之后，他猛然睁眼说道："森，开车。"

"啊？去哪儿？"

"安田家。"

森顿时脸色铁青。因为安田是他审过的人："真是安田干的？"

"不是。"

"啊？那为什么——"

"你指挥还是我指挥？"

被朽木这么一问，森的脸上彻底没了血色："这、这就走……！"

森踩下油门，车一阵猛冲。朽木却突然来了句"等等"。

"啊？"

"停。"

一个急刹车，两人的身体向前倒去。

森一脸讶异地看向朽木。朽木的目光落在集会中心的门口。只见宾客们分列于左右两侧，视野开阔。

出殡。

最先被抬出来的，是一口白色的小棺材。

15

"交换情报？"村濑怪叫一声。

东出模棱两可地点了点头。

"他们让我这么转告您。还说署长办公室空着，他们在那儿等您。"

村濑简直不敢相信自己的耳朵。案子还没破，一班和三班争得头破血流，朽木却在这个节骨眼儿上提议见面。

"有意思。"村濑嘟囔了一句，转身就走。

东出急忙阻拦："啊，班长，还给久米岛测谎吗？"

他们刚把久米岛叫来，物证和猛料都还没着落。但村濑的心证丝毫没有动摇，他依然认定久米岛就是凶手。于是他决定抢跑，给久米岛测谎，再根据结果审他一审。

"测着吧，我去去就来。"

村濑走出位于五层的武道场，走下不远处的楼梯。

"演的是哪出？"他自言自语。

他猜不透朽木的心思。细细想来，他这些年就没有猜透过。原因倒是明确，因为朽木这人不笑。村濑觉得，一个人若总是面不改色，他的心也会渐渐失去表情。朽木已经表现出了这种迹象。感觉不到他的激情，表露出来的心思更是日渐稀薄。连他作为刑警的行为准则都越来越难以捉摸了。

下到一层，署长办公室的门开着。

朽木坐在黑色皮沙发上。村濑进屋时明明没敲门，朽木那双几乎能透光的薄耳却对他在地毯上踩出的轻微脚步声做出了反应。

村濑往他对面一坐，随即开口说道："你先说。如果是有价值的线索，我也会相应透露一点儿。"

"好。"朽木点了点头，在桌上交叉十指。

"线索有两条。第一条，在案发时间段，弓冈家对面的安田家的儿子看到了一辆车。"

朽木简要阐述了若干事实。村濑懒洋洋地转了转头，关节阵阵作响。

"打发叫花子呢？你们在查些什么，我还能看不出来？少拿这些废料糊弄我，直接说第二条吧。"

"哪怕我告诉你，车是黑的？"

"啊？"

"安田看到的车是黑的。"

"什么……？"片刻的空白之后，村濑目眦欲裂。

"操，你们找那些个白车果然是为了混淆视线！"

"听我说完。刚才我让安田透过小洞看了一辆黑车。他说'就是这辆，错不了'。"

村濑的眼神缓和了几分："怎么回事……？"

朽木将视线投向明亮的窗口，瞳孔立时缩小："阳光。安田看到的是黑车反射的光。"

村濑怔了片刻，随即哈哈大笑："混账，你拿我当猴耍呢！再眼花也不至于把黑车反射的光看成白的吧？"

"你忘了？中野的干部培训可是讲过的。"中野——警察学院[1]的代名词。

"比如……"朽木伸手拿起桌上的一本杂志，卷成筒状递给村濑，"你用这个看这儿。"朽木指着沙发的黑皮呈弧形的位置。那一处刚好反射着头顶日光灯的亮光。

"我哪有这闲工夫……"

"少啰唆，看了再说。"

村濑顿感脖子一僵。朽木犀利的目光早已将他刺穿。

"拿、拿来。"村濑抢过筒状的杂志。

眼睛刚凑上去，他便倒吸一口凉气。

白的，看着都不像是反射光。眼前的景象唤醒了记忆。确实

1　警察厅的附属培训机构。

有这么回事，村濑也在中野听了那堂认知心理学的课。

人类的视觉着实不可思议。通常情况下，黑色物体在哪儿看都是黑的，白色物体在哪儿看都是白的。可要是在背景中没有参照物的前提下单看那个物体，肉眼就会仅凭反射光的强弱来判断它是黑是白。

案发当天（9月30日）天气晴朗，阳光强烈。安田只能透过一个小洞观察外界。于是他的眼睛……不，是他的大脑，将沐浴着阳光的黑色车身错判成了白色。

"第二条线索是，"朽木说道，"有人挖出了深见小学的时间胶囊，偷走了里面的东西。胶囊是二十年前埋下的，当时弓冈洋子上六年级。"

一时间，村濑无言以对。大脑的信息处理功能已然乱了套。

朽木站了起来。

就在他的背影即将走出塾长办公室时，吼声终于迸发。

"站住！"

朽木停下脚步，回头望去："还有什么事？"

"卑鄙小人！眼看着胜利无望，就想卖个人情给我，是吧？"

朽木用不带情绪的眼眸盯着村濑看了片刻，默默离去。

朽木刚走，东出便进来了。但他随即停下脚步，被跨立着的村濑惊得瞠目结舌。

村濑冷哼一声，竭尽全力不让东出看出自己的慌乱。

"笑死人了,时间胶囊被人偷了算哪门子的线索……"说到这里,村濑的视线凝在了半空。

时间胶囊……

"班长……?"

"……"

"班长,到底出什么事了?"

村濑张口道:"有黑的郁金香吗?"

"啊?"

村濑咧嘴一笑,撂下东出,走出署长办公室。

16

"你的名字是佐藤公男?"

"不对。"

"你知道是谁杀了弓冈一家?"

"不对。"

"你手里有圆珠笔?"

"不对。"

"你——"

只听见砰的一声,房门大开,村濑走了进来。

久米岛良夫犀利的目光落在村濑通红的脸上。椅子上的他动弹不得。胸口缠着测量呼吸强度的管子,指尖和手臂上也装了测量出汗量和脉搏的仪器。

"闪开,"村濑一把推开本部科搜研派来的检查技官,"别磨蹭了。"

"你们到底是什么意思?"久米岛用质问的口吻说道,"你们说我最好做个检查,只有这样才能证明自己的清白,所以我才——"

"换我来问。你想答'对'也行。"

村濑话音刚落,久米岛就把头一扭,显得很不配合。

"弓冈一家是你杀的吧?"

"……"

"回答我,否则别想回家。"

久米岛转过头来,表情中夹杂着愤怒与焦虑。

"准备好了?那我开始了。"

"好吧……麻烦速战速决。"

村濑点了点头,他也没想打持久战。

声音回荡在房中。

"弓冈一家是你杀的?"

"不对。"

记录仪的三根指针大幅摆动,不错。

村濑将目光移回久米岛:"你去弓冈家拿郁金香,洋子却不在家。弓冈让你进屋坐坐,你就进去了。弓冈知道你还惦记着洋子。他以洋子为诱饵，向你索要更多的钱。你拒绝了他，反过来劝他好好赚钱养家。"

"你——"久米岛打断了他，似是忍耐到了极限，"这算是在提问吗？"

"急什么，"村濑继续说道，"聊着聊着，你们吵了起来。你只觉得一朵鲜花插在了牛粪上，怒火中烧。"

"你到底想问什么？"

"弓冈的一句话，让你勃然大怒。"

"你倒是问啊！"

村濑深吸一口气："你高举正义的大旗，杀了弓冈雄三。"

"不对。"

"你好心救洋子于水火，她却骂你是杀人犯，所以你杀了她。"

"不对！"

"孩子看到了你的脸，所以你杀了他灭口。"

"不……"

"你想接着当你的好丈夫、好爸爸、好老师，所以你活活捅死了一个五岁的小男孩。"

"不、不对！还有完没完了？你们有证据吗？"

等的就是这句。

村濑缓缓点头："有人看见了一辆黑车。"

玛驰轮廓圆润，反射面肯定很大。

"这算哪门子的证据?我受够了!快给我拆了!"

"嚷嚷什么,还有别的证据呢。"

久米岛身子一跳,却依然嘴硬:"什么证据?说啊!有种说来听听!"

村濑舔了舔嘴唇:"时间胶囊。"

"什么?哦,我听说那胶囊被人挖了出来。可那又怎样?你们能证明是我干的吗?"

"错不了,就是你的胆小促使你挖出了它。但我说的不是那个时间胶囊。"

"啊……?"

"不是你挖出来的那个,而是你埋进地里的另一个时间胶囊。"

久米岛疑惑不解,眼眸因焦虑颤抖不止。

"什么意思……?你给我说清楚!"

村濑凑上前去,把手放在他的肩头,注视他的双眼:"郁金香。"

"……郁金香?"

"你之前说,你挑了几个卖相不错的带回家了?"

"是啊,怎么了?"

"听说街坊邻居都管弓冈家叫'白宫',可见洋子格外钟爱白色的郁金香。她把白色的郁金香种在面朝马路、光照最好的花坛里,精心呵护。久而久之,白色郁金香的球根肯定会比其他颜色的大上一圈。如果你真挑了几个卖相不错的种到土里，明年春天开的花应该是白色居多。架子工持田的花坛应该就是一片白。可你家的呢？"

"什么……？你到底在说什么？"

村濑将脸凑到久米岛面前。他能清楚地看到，久米岛的眼皮微微一抽。

"我问你，当时你刚杀了三个人，还有心思挑卖相好的球根吗？"

"啊……"

"不拿几个球根回家就太可疑了。可你哪有闲心蹲在屋檐下精挑细选呢？"

"……"

村濑退回原处："你家的花坛肯定会开出五颜六色的花来。还不明白吗？那些球根就是装满了谎言的时间胶囊。它们正躺在漆黑一片的地里，静候诉说真相的时刻。"

三根指针均已到顶。

17

借你用用呗。

这便是压倒久米岛让他拿起屠刀的最后一根稻草。

洋子借你用用呗。开个价，一次多少？

如此恶劣的大案，也会被搜查一课迅速抛诸脑后。

重案一班接了银行职员被害案，三班则分到了便利店连环抢劫案。直到年关将至的某个寒夜，朽木与村濑才再次碰面。

两人在本部五层的昏暗走廊擦身而过。天花板上的日光灯到寿命了，苍白的灯光忽明忽暗，为朽木那张本就凶狠的脸添了几道骇人的阴影。

"哟，破了？"村濑率先搭话。

"还没。"朽木停下脚步回答。

村濑眼角含笑："我们已经收队了。"

"运气不错啊。"朽木淡淡回了一句，迈开步子。

村濑张口留人："话说，你当时为什么要透露灭门案的线索给我？"

朽木步履不停。

村濑冲他的背影甩出一句话："因为在葬礼上看到了小棺材？"

唯有沉默。

朽木头也不回地推开搜一大办公室的黑门，消失在村濑的视野中。

读客悬疑文库

认准读客读悬疑，本本都是大师级。

专注出版中、英、美、日、意、法等世界各国各流派的顶尖悬疑作品。

为读者精挑细选，只出版两种作品：
经过时间洗礼，经典中的经典；口碑爆表、有望成为经典的当代名作。

跟着读客悬疑文库，在大师级的悬疑作品中，
经历惊险反转的脑力激荡，一窥人性的善恶吧。

扫一扫，立即查看悬疑文库全书目，
收集下一本精彩悬疑！